THOMAS ERLE

Der geheime Wert der Zeit

THOMAS ERLE

Der geheime Wert der Zeit

ROMAN AUS DEM SCHWARZWALD

Personen und Handlung sind frei erfunden.
Ähnlichkeiten mit lebenden oder toten Personen
sind rein zufällig und nicht beabsichtigt.

Die automatisierte Analyse des Werkes, um daraus Informationen
insbesondere über Muster, Trends und Korrelationen gemäß § 44b UrhG
(»Text und Data Mining«) zu gewinnen, ist untersagt.

Immer informiert

Spannung pur – mit unserem Newsletter informieren wir Sie
regelmäßig über Wissenswertes aus unserer Bücherwelt.

Gefällt mir!

Facebook: @Gmeiner.Verlag
Instagram: @gmeinerverlag

Besuchen Sie uns im Internet:
www.gmeiner-verlag.de

© 2024 – Gmeiner-Verlag GmbH
Im Ehnried 5, 88605 Meßkirch
Telefon 07575/2095-0
info@gmeiner-verlag.de
Alle Rechte vorbehalten
1. Auflage 2024

Lektorat: Claudia Senghaas, Kirchardt
Umschlaggestaltung: U.O.R.G. Lutz Eberle, Stuttgart
unter Verwendung eines Fotos von: © DutchScenery / istockphoto;
MICHAEL WORKMAN / istockphoto
Druck: GGP Media GmbH, Pößneck
Printed in Germany
ISBN 978-3-8392-0690-4

Für Rosemarie

»Manche Zeit wird uns entrissen, manche unvermerkt entzogen, manche fließt fort. Doch am schimpflichsten ist der Verlust, der aus Unachtsamkeit geschieht.«

Seneca (1–65), römischer Philosoph, Dramatiker, Naturforscher, Politiker, Stoiker

*

»Ein jegliches hat seine Zeit, und alles, was unter dem Himmel geschieht, hat seine Stunde.«

»To everything there is a season, and a time for every purpose under heaven.«

Bibel, Prediger 3,1

Kapitel 1:
Der Flug

Eine riesige Faust schüttelte das Flugzeug. Die Passagiere in der Kabine der 1. Klasse fuhren mit einem Ruck zusammen.

Friedrich Karmann gelang es eben noch, das Weißbrotsandwich auf seinem Plastiktablett vor dem Herunterfallen zu retten. Reflexartig packten die Finger seiner anderen Hand den Becher mit dem Sekt, den ihm die freundliche Flugbegleiterin der *European International Airlines* mit einem routinierten Lächeln kurz zuvor eingeschenkt hatte.

Friedrich Karmann stemmte die Füße fest auf den Kabinenboden. Der nächste Stoß konnte in jedem Moment kommen. Stattdessen tönte neben ihm ein spitzer Schrei, gefolgt von einem »O my god!«, wie es eine Hollywoodschauspielerin nicht besser gekonnt hätte.

Seine Sitznachbarin am Fenster hatte nicht so gut reagiert wie Karmann. Der Inhalt ihres Tomatensaftbechers war übergeschwappt und breitete sich in Sekundenschnelle über ihre himmelblaue Bluse aus.

Karmann konnte ein zufriedenes Grinsen kaum verbergen. Seit dem Abflug vom Londoner City-Airport

7

hatte ihn diese Stimme genervt. In breitem Südstaaten-slang belehrte sie Karmann seit einer halben Stunde über die Unzuverlässigkeit und den mangelnden Komfort europäischer Fluggesellschaften, dass es so etwas selbstverständlich in den *States* nicht gebe und dass sie durch die Umstände gezwungen war, diesen Flug zu nehmen, und es sei ganz bestimmt das letzte Mal.

Karmann machte keine Anstalten, ihr zu helfen oder zumindest in ihre Schimpfkanonade einzustimmen. Diese bekam nun die vorbeieilende Stewardess zu hören.

»May I draw your attention, please!«

Über den Köpfen tönte die sonore Stimme des Flugkapitäns. Nach der routinemäßigen Durchsage von Flughöhe, Geschwindigkeit und derzeitiger Position folgte das, was die erschreckten Passagiere hören wollten. Es war von »two or three little bumps above the channel« die Rede, über die man sich aber keine Sorgen machen müsste.

Wie zur Bekräftigung erschütterte im selben Moment ein weiterer heftiger Stoß die Maschine. Obwohl ihm etwas mulmig zumute war, musste Karmann lächeln. Das typisch britische Understatement, die seit Generationen gepflegte und perfektionierte Gewohnheit, die Scheu vor Unangenehmem in Beiläufiges zu verpacken. Oder sich in die Betrachtung des Wetters zu flüchten, das auf den Inseln jederzeit für unverfänglichen Gesprächsstoff sorgte.

Seine Nachbarin interpretierte die Ansage offenkundig völlig anders. Sie war in den Sitz zurückgesunken und umklammerte mit weiß hervortretenden Knöcheln ihre Sitzlehnen. »Oh my god!«

8

Karmann sah auf die Uhr. Er hoffte, dass das schlechte Wetter über dem Ärmelkanal nicht zu weiteren Verspätungen oder Umwegen führen würde. Im schlimmsten Fall würde das Flugzeug umkehren müssen.

Dabei durfte er keine Zeit mehr verlieren. Nachdem ihn das Telegramm über den plötzlichen Tod seines Vaters erst über Umwege erreicht hatte, war er sofort aufgebrochen. Aus dem Taxi heraus war es ihm erst nach einigen vergeblichen Anrufen mit viel Glück gelungen, einen Platz auf dem Linienflug nach Basel zu buchen, nur um in Heathrow zu erfahren, dass sich sämtliche Abflüge wegen des schlechten Wetters auf unbestimmte Zeit verzögerten.

Warum die Beerdigung bereits morgen früh stattfinden würde, hatte ihm die Sekretärin von Dr. Breitscheider, dem engsten Vertrauten seines Vaters und Geschäftsführer der *Karmann AG*, nicht sagen können.

Oder wollen.

Seit Friedrich Karmann sich von der Familie getrennt hatte, war die Verbindung zu seinem Vater völlig abgebrochen. Der Alte konnte ihm nicht verzeihen, dass er an der Übernahme des Betriebes keinerlei Interesse gezeigt hatte. Der Traum des Vaters von *Karmann und Sohn* hatte sich zerschlagen. Friedrich hatte andere Pläne. Als künftiger Besitzer eines der größten deutschen Software-Unternehmen sich mit Verträgen, Bilanzen und Kapitalerträgen zu beschäftigen, konnte er sich nicht vorstellen. Er ließ sich seinen nicht unbeträchtlichen Erbteil frühzeitig ausbezahlen und vergnügte sich seither als Bonvivant nach eigener Lust und Gutdünken. Seinem Vater blieb nichts anderes als der Name, den er seinem Sohn mitgegeben hatte.

9

Anfangs hatte Karmann daran gedacht, auch dies der Vergessenheit anheimgeben zu wollen. Wer hieß heute noch Friedrich? Der Name war nicht hip und in schon gar nicht. Am Ende hatte er es seiner Trägheit und Gleichgültigkeit zu verdanken, dass auf seinen mit schlichtem Goldrahmen eingefassten Visitenkarten immer noch der Name seines Vaters stand.

Karmann dachte an die Kiste, die gut verstaut im Handgepäckfach über den Sitzen mit ihm reiste. Die alte englische Taschenuhr war ein echter Schatz. Karmann hatte durch einen seiner vielen Informanten erst vor wenigen Tagen erfahren, dass die Uhr aus der Werkstatt von Thomas Tompion auf der Uhrenmesse in Leicester zur Versteigerung stehen würde. Seine Konkurrenten, ein brasilianischer Industrieller und ein bedeutendes Uhrenmuseum in Lyon, hatte er mühelos überboten. Die Uhr schloss die letzte Lücke in seiner Sammlung mitteleuropäischer Uhren des 18. Jahrhunderts. Er wollte diese Uhr unbedingt, und er hatte sie bekommen. In dieser Welt war für Geld alles zu bekommen.

Er hatte die Lektion früh gelernt und angewandt. Für den schnittigen Lamborghini in der Spezialausführung des Mailänder Designerstudios ebenso wie das voll digitalisierte Haus am Waldrand in der besten Lage von Freiburg. Was er sich in den Kopf gesetzt hatte, war mit Geld zu regeln.

Mit den Frauen war es nicht so einfach. Dabei wäre es ein Leichtes gewesen. Es gab nicht wenige, die gut aussehend, jung und attraktiv waren, und die mehr oder weniger geplant seine Wege bei diversen Partys und Empfängen gekreuzt hatten. Doch wenn Karmann eines von seinem Vater als Erbe mitbekommen hatte, dann war es sein untrügliches Geschick, die Absichten der Menschen einschätzen zu können. Und hinter diesen Absichten steckte ausnahmslos die Gier nach Geld. Nach seinem Geld.

So war es nie zu mehr als unzähligen flüchtigen Bekanntschaften, kurzen leidenschaftlichen Affären und brüchigen Beziehungen gekommen. Die Suche hatte er inzwischen so weit aufgegeben, als dass er seinen Traum von der großen Liebe aufgegeben oder zumindest hintangestellt hatte. Falls es sich ergab, würde es gut sein. Falls nicht, würde er es nicht als Mangel betrachten. Es gab Wichtigeres im Leben des Mittvierzigers. Friedrich Karmann war zum Beziehungspragmatiker geworden, eine Konstellation, die ihm ausreichend Zeit und Freiheiten gab, sich mit dem zu beschäftigen, was ihn wirklich interessierte.

Allmählich beruhigten sich die Windböen. Als das Flugzeug die französische Kanalküste erreichte, lobte der Bordlautsprecher ganz im Dienste des kundennahen Service das besonnene Verhalten der Passagiere, versprach für den Rest des Fluges angenehmes Wetter und nannte als voraussichtliche Landezeit in Basel-Mulhouse 13:30 Uhr European Standard Time.

Karmann fluchte. Das würde nicht reichen. Die Beerdigung war für 15 Uhr angesetzt. Auschecken, Security, Gepäck, zum Parkplatz, dann eine Stunde mit dem Auto. Wenn alles klappte.

Trotzdem. Er wollte es versuchen. Er wollte das letzte Band zur Familie nicht kappen. Vielleicht würde er seine Mutter treffen, die sich aus dem Staub gemacht hatte, als er ein Baby war. Kindermädchen, Tagesmutter, Internat am Bodensee. Als Ersatz hatte sein Vater sich bemüht, ihm von allem das Beste zu bieten.

Außer Zeit. Vater hatte nie Zeit. Nicht für seine Frau und erst recht nicht für ein kleines Kind. Friedrich Karmann war nicht Sohn, er war Nachfolger. Von Beginn an.

Nun war der Patriarch tot. Verbittert bis zum letzten Tag. Er konnte nicht verzeihen.

Vielleicht konnte es Karmann. Er hatte zu keiner Minute bereut, seine eigenen Wege zu gehen. Er wusste, dass dies nur alleine möglich sein würde. Ohne Vater, ohne Familie.

Seine Gedanken gingen zurück zu der Kiste im Gepäckfach. Er würde es zelebrieren. Wie jedes Mal, wenn er seiner Sammlung ein neues Stück hinzufügen konnte. Die Sammlung, die ihm allein gehörte und die niemand anderes zu Gesicht bekam. Nicht einmal die Haushälterin, die sich ansonsten um alle Belange und Notwendigkeiten kümmern musste. Die Putzfrau betrat das Zimmer einmal im Monat für eine Stunde unter seinen wachsamen Augen.

Das Uhrenzimmer war sein Heiligtum und sein Refugium gleichermaßen. Hier fiel alles von ihm ab, es gab keine Sorgen, keine Verpflichtungen. Nur Freude an dem, was er sah und hörte.

Die Tompion-Uhr war nur ein Teil der Ausbeute, die er von der Messe mitgebracht hatte. Karmann griff in die Innentasche seines *Armani*-Sakkos und holte einen Umschlag hervor. Darin lag zusammengefaltet ein Zettel mit einer Adresse. Eine Adresse im Schwarzwald.

Johann Thoma, Bauer im Mathieshof. Der Mensch, der ihm ermöglichen würde, sich den Traum seines Lebens zu erfüllen.

Der Jaguar schnurrte zufrieden durch das Markgräflerland nach Norden in Richtung Freiburg. Der beginnende Feierabendverkehr war noch spärlich und hielt Karmann nicht auf. Ebenso wenig lenkten ihn die in unregelmäßigen Abständen im Rückspiegel auftauchenden Boliden mit Schweizer Kennzeichen ab, die mit Vorliebe, befreit von der lästigen 120-km/h-Beschränkung zu Hause, die A5 als legale Rennstrecke nutzten.

Karmann hätte lässig mit ihnen mithalten können. Was er auch gerne manchmal tat, zum Spaß. Dann beschleunigte er so weit, dass er in das verblüffte Gesicht des Sportwagenfahrers neben ihm grinsen konnte, nur um kurz darauf das Gas deutlich zurückzunehmen und sich wieder in die monotone Reihe der Durchschnittsfahrer zurückfallen zu lassen.

Eine Spielerei, die er sich sogar gern eine kräftige Geldstrafe kosten ließ, falls er dabei erwischt wurde. Doch nicht heute, nicht jetzt. Es war weniger das Geld, das ihn besorgte, sondern der Zeitverlust, den es für ihn bedeuten würde.

Als Karmann zur Ausfahrt Freiburg-Mitte abbog, wurde ihm schmerzhaft bewusst, dass er verloren hatte. Die unvermeidlichen Bilder der Beerdigung liefen in ihm ab. Die Feier näherte sich bereits dem Ende, die Reden waren gehalten, die Lieder gesungen, die Tränen vergossen. Der Pfarrer hatte sich verabschiedet und das Trauern den Gästen überlassen. Was blieb, waren die letzten vertrauten Gespräche vor den Blumenbergen und aufgehäuften Kränzen. Aus bitteren Mienen der Familie wurde die Vorfreude auf den Leichenschmaus, die linkischen Bekundungen der Geschäftspartner wandelten sich erleichtert zum Austausch neuester Informationen.

Vor dem Freiburger Hauptfriedhof hinterließen die früh von der Feier Aufgebrochenen die besten Parkplätze, sodass Karmann in der Nähe des Eingangs parken konnte.

Er war nie zuvor hier gewesen. Das klassizistische Eingangsportal erinnerte ihn an einen Triumphbogen. Karmann verzog den Mund, als er unter den reich verzierten Bögen vorbei an steinernen Engels- und Heiligenfiguren den Friedhof betrat.

Welcher Sieg wurde hier gefeiert? Der Triumph des Todes, des unausweichlichen Siegers, vor dem niemand fliehen konnte – oder das Aufatmen der Lebenden, die draußen in der anderen Welt die Endlichkeit des Lebens vergessen durften.

Bis zum nächsten Mal.

Karmann war erleichtert, dass ihm all dies erspart geblieben war. Bei den ganz wenigen Begräbnissen, bei denen er teilgenommen hatte, hatte er sich stets unwohl und fehl am Platz gefühlt. Gefühle bei einer Beerdigung waren ihm stets falsch vorgekommen. Konnte man wirklich um einen Verstorbenen trauern? Karmann war der festen Überzeugung, dass das ganze Drumherum den Toten nichts mehr anging. Es war ihm noch nicht einmal egal, weil es niemanden mehr gab, dem es egal sein konnte. Die Blumen, der Sarg, die Musik, die mehr oder

14

weniger tröstenden Worte eines Geistlichen hatten einzig den Sinn, die Zeremonie für die Teilnehmer erträglich zu gestalten. Trauergäste, die eingeladen waren oder sich aus eigenem Antrieb dazugesellten – sie gingen wieder nach Hause, pflichterfüllt, man hatte sich sehen lassen, Anteilnahme ausgedrückt durch die Teilnahme. Sie würden schon auf dem Heimweg sich austauschen, ob es eine ergreifende Feier war, ob der neue Pfarrer es besser gemacht hätte als der alte, ehrenwerte. Die Trauer würde der Erinnerung Platz machen und irgendwann abgelegt im Fundus des Lebens.

Und es gab die, die nahestanden, die Verwandten. Die Hinterbliebenen. Es waren die, die den Weg nicht mitgehen konnten, und schon gar nicht wollten. Jeder wusste, dass jeder einmal sterben würde, ohne Ausnahme. Und jeder verdrängte genau diese Gedanken, die sie sich fürchten ließen vor dem Unbekannten, für das es viele Namen gab, die alle falsch waren. Gefühle waren Erinnerungen an sich selbst, an das, was einem genommen wurde. Was hinter dem Schleier blieb, der ohne Erklärung sich senkte seit Tausenden von Jahren, seit der Mensch gelernt hatte, zwischen gestern und morgen zu unterscheiden.

Der Friedhof war riesig. Vom Eingangsbereich führte eine weit ausladende Allee direkt auf ein prachtvolles Gebäude zu, von dem Karmann annahm, dass es die Leichenhalle sein musste. Nach beiden Seiten zweigten Wege ab, die wohl zu den Gräberfeldern führten.

Karmann fragte einen der vorbeilaufenden Gärtner nach dem »Begräbnis Dr. Karmann«, worauf dieser bereitwillig zu einem der Wege deutete.

»Sie kommen zu spät!«

Karmann nickte und bedankte sich. Mehr musste er nicht wissen. Eine letzte Begegnung, eine letzte Reverenz, mehr war es nicht, und mehr wollte er nicht.

Das Grab war schon von Weitem zu erkennen. Die Helfer waren dabei, die reichlich gespendeten Gestecke aufzureihen, bei den Kränzen die Schleifen gut lesbar zu drapieren und die Menge der Sträuße in eine ansehnliche Form zu bringen.

Karmann blieb in einiger Entfernung stehen. Das war es also. Er fragte sich, was von dem äußeren Aufwand übrig bleiben würde. Die Geschäftspartner hatten sich mächtig ins Zeug gelegt, das Begräbnis bot ihnen endlich die Gelegenheit, die Bedeutung der Zusammenarbeit mit der *Karmann AG* öffentlich zu unterstreichen. Keiner durfte fehlen, keiner durfte sich nachsagen lassen, geknausert zu haben.

Karmann lächelte grimmig. Nicht dass es ihm etwas ausgemacht hätte, das Imperium seines Vaters ging ihn nichts mehr an. Doch die Vorstellung, dass spätestens in einer Woche die Blumen welk, die Kränze aufgelöst und die Schleifen angegraut sein würden, beruhigte ihn. Nichts war von Dauer, außer der einen letzten Endgültigkeit, die seinem Vater jetzt widerfuhr.

Auf der Bank unter den ausladenden Zweigen eines Johannisbrotbaumes saß eine Frau. Sie war dunkel gekleidet, in einem schlichten Kostüm mit schwarzen Strümpfen und schwarzen Lackschuhen. Ihr schwarzer Hut war leicht nach hinten gerutscht, sodass Karmann ihr Gesicht sehen konnte.

16

Er hätte nicht sagen können, ob die Frau schön war. Dennoch zog sie ihn auf merkwürdige Weise an. Die Augen blickten ernst und wach, zarte Fältchen umspielten ihre Stirn. Der Mund hatte sie leicht geöffnet, auf die Lippen hatte sie einen kaum wahrnehmbaren Stift aufgetragen. In der Hand hielt sie ein Sträußchen mit roten Blumen. Keine Rose.

Karmann spürte eine seltsame Scheu. Die Anwesenheit der Frau hielt ihn ab, ganz an das blumenüberhäufte Grab heranzutreten. Er fragte sich, wer sie war. Zur Verwandtschaft gehörte sie nicht, auch nicht zu der seiner früh verstorbenen Mutter. Eine neue Partnerin seines Vaters? Hatte der Hagestolz auf seine alten Tage noch einmal Frühlingsgefühle in sich gespürt? Die Frau war allerdings deutlich jünger, eher in seinem Alter.

Eine Freundin der Familie? Eine Geschäftspartnerin, die ihm gefühlsmäßig nahe gestanden hatte? Karmann überlegte, ob er sie ansprechen sollte, als sie plötzlich aufstand, die Blumen achtlos auf den Blütenberg legte und sich dann mit raschen Schritten entfernte.

Karmann sah hinter ihr her. Sie drehte sich nicht ein Mal um und war nach wenigen Augenblicken Richtung Ausgang verschwunden.

Karmanns Herz schlug schneller, als er vor der Tür des Uhrenzimmers stand. Gleich war es so weit. Er würde ein weiteres Prachtstück seiner Sammlung hinzufügen, der »Landkarte der Zeit«, wie er sie nannte.

Alles hatte mit dem Geschenk seines Onkels begonnen, mit der kleinen bescheidenen Taschenuhr, kaum von Wert,

17

aber stets stolz an einer einfachen Kette getragen. Für Karmann war es damals ein Symbol des Erwachsenseins, die Macht über etwas Ungreifbares, das man nicht sehen, riechen oder hören konnte. Aber messen. Und damit beherrschen.

Das war natürlich lange vorbei. Nicht nur die Bewunderung für den anscheinend so mächtigen Onkel, der in der Familie von Karmanns Vater frühzeitig ausgebootet und aus der Firma gedrängt worden war.

Das Geschenk seines Onkels war ein äußeres Zeichen gewesen, Karmann hatte es als Aufforderung gesehen, seine Unabhängigkeit nach außen zu zeigen, sich täglich daran zu erinnern, indem er das Sichtbare zu seinem Spielzeug machte, zu seinem persönlichen Ausdruck der Vergänglichkeit.

Es war die Illusion, jemals die Herrschaft über die Zeit erlangen zu können. Karmann hatte sich dem Diktat der Termine, Ziele und Fristen entzogen, sobald er volljährig geworden war. Von da an hatte für ihn die wahre Herrschaft bedeutet, sich nicht von der Zeit beherrschen zu lassen.

Entschlossen drückte Karmann die Klinke herunter. Im selben Moment wurde eine Lichtinstallation in Betrieb gesetzt. Als seine Sammlung größer geworden war, hatte Karmann eine bekannte Schweizer Firma beauftragt, die Exponate ins richtige Licht zu rücken. Einen ganzen Tag lang waren die beiden Spezialisten aus Genf tätig gewesen, hatten verschiedene Blickwinkel ausprobiert, die Tageslängen ebenso berechnet wie die Jahreszeiten und mögliche Wetterkapriolen.

Das Ergebnis konnte sich sehen lassen. Karmann war jedes Mal aufs Neue entzückt, wenn er den Raum betrat, wenn seine Augen über die Landkarte der Zeit strichen, die Pendeluhren, die Standuhren, Taschenuhren und Schwarzwalduhren. Jede von ihnen war perfekt ins Licht gerückt, jede durfte die Würde ausstrahlen, die ihnen ihr Hersteller mitgegeben hatte.

Das helle, lichtdurchflutete Zimmer an der hangabwärts gerichteten Seite des Hauses hatte Karmann ursprünglich als Fitnessstudio geplant und eingerichtet. Davon war nichts mehr zu sehen. Den Platz der Sportgeräte hatten jetzt gläserne Vitrinen, glänzende Sockel und sanft geschwungene Wandnischen eingenommen, jedes Schmuckstück hatte seinen eigenen Platz.

Sämtliche Uhren standen still, die Zeiger in dem Moment verstummt, als ihr Antrieb abgelaufen war. Nur eine einzige Uhr war aufgezogen. Ein schlichtes, aber eindrucksvolles Werkstück eines alten Uhrmachers im Hochschwarzwald. Dessen Klarheit hatte Karmann vom ersten Blick an beeindruckt. Die Schilderuhr hing an der Wand, zwei Gewichte, die Tannenzapfen nachempfunden waren, dazu ein Messingpendel, das gleichmäßig hin und her schwang. Die schlichten Zeiger umkreisten ein helles Schild, bunt bemalt mit stilisierten Rosen und Ornamenten.

Karmann achtete darauf, dass das Pendel immer schwang. Im Rhythmus von Sonntag zu Sonntag zog er die dünnen Ketten nach oben, Woche für Woche, Monat für Monat. Einzig seine Haushälterin durfte diese Aufgabe übernehmen, wenn Karmann längere Zeit unterwegs war. Er hatte sie genau instruiert, wie sie es zu bewerkstelligen hatte.

Zufrieden betrachtete er die gleichförmige Bewegung und hörte auf das monotone Klicken des Laufwerks. Alles war gut, alles war in Ordnung.

Schon während der überstürzten Rückfahrt hatte Karmann sich Gedanken gemacht, an welcher Stelle im Raum seine Neuerwerbung am besten zur Geltung kommen würde. An der westlichen der vier Wände war noch eine größere Fläche frei geblieben. Karmann besah sich die Wand von beiden Seiten, dann nickte er zufrieden. Er überließ nichts dem Zufall. Gleich in den nächsten Tagen würde er einen Handwerker kommen lassen. Eventuell musste die Beleuchtung nachjustiert werden.

Am Ende ließ er sich zufrieden in den mit schwarzbraunem Leder bezogenen *Eames*-Lounge-Chair sinken und streckte die Beine auf dem Fußschemel aus.

Etwa eine halbe Stunde saß er so da. Im Raum war es bis auf das gleichmäßige Ticken der Pendeluhr vollkommen still. Karmann hatte die Hand flach auf seine Brust gelegt, atmete ruhig und entspannt. Sein Herzschlag. Seine eigene Uhr.

Karmann saß öfter in diesem Sessel. Manchmal spürte er, wie die beiden Rhythmen sich näherten, die Uhr und das Herz. Ein paar Mal war es ihm fast gelungen. Welch unbeschreibliches Gefühl, ganz im Takt der Zeit eingebunden zu sein, mitgetragen zu werden in den ewigen Moment, da dies geschah.

Karmann strich sanft über den Stoff seines Seidenpullis, den er sich übergezogen hatte, nachdem er wieder zu Hause war. Heute wichen die beiden Schläge deutlich voneinander ab. Sein Herz schlug schneller, so als wolle es der

Zeit vorauseilen, früher am Ziel ankommen. Doch was war das Ziel? Gab es überhaupt eines?

Manchmal wünschte er sich, mit der Uhr sprechen zu können. Nur mit dieser einen, nur mit der, die sich bewegte, die auf ihre eigene Art am Leben war. Wusste die Uhr, wohin sie tickte? Wo war die Uhr, wenn sie niemand aufzog und sie zum Schweigen verurteilt war?

Karmann hatte gelesen, dass manche Menschen der Überzeugung waren, der Moment sei die einzige Realität. Die Vergangenheit nichts als Erinnerung, die Zukunft nur Hoffnung. Oder Furcht. Alles verschwindet im Jetzt. Im ewigen So-Sein.

Karmann konnte damit nichts anfangen. Sicher gab es zurückliegende Ereignisse, die er am liebsten wieder vergessen hätte – Streitereien, Neidereien, Fehlschläge. Aus und vorbei. Aber es gab sie, die schönen Erinnerungen, die noch Jahre später das Gefühl der Wärme in ihm wachriefen.

Als er die Großmutter besuchte und im Stall half, die Tiere zu versorgen. Einen ganzen Sommer lang.

Als Onkel Karl mit ihm die elektrische Eisenbahn aufbaute und er stolz die erste Runde selbst fahren durfte. Die schwarze Tenderlokomotive, der braune Niederbordwagen, die rote Kipplore.

Märklin. H Null. Analog.

An das Gefühl des Stolzes. Als er in das wunderbare Haus auf dem Lorettoberg einzog, der Freiburger Edelwohnlage, in der die Chance, überhaupt etwas zu bekommen, verschwindend gering war. Als es ihm gelungen war, sich von seinem Vater loszusagen. Und jetzt, ganz aktuell, als er den Zuschlag für die Tompion-Uhr erhielt.

Die Smartwatch an seinem Handgelenk und sein Magen erinnerten Karmann daran, dass er seit dem Putensandwich in der Wartehalle in Heathrow nichts mehr gegessen hatte. Seiner Haushälterin hatte er noch bis zum Wochenende freigegeben, schließlich hatte er nicht damit gerechnet, dass er gezwungen war, den Messebesuch vorzeitig abzubrechen.

Um sein Essen würde er sich selbst kümmern müssen. Zum Glück gab es gleich mehrere Restaurants in der Stadt, die einen Lieferservice anboten. Nach kurzem Überlegen entschied er sich für einen Anruf bei *Sri Penh*, einem Lokal, das er wegen seines gut gewürzten Currys schätzte.

Nach 20 Minuten läutete es, der Bote brachte die Bestellung. Karmann belohnte ihn mit einem satten Trinkgeld, dann setzte er sich zu Tisch und öffnete die Packung. Mit einem zufriedenen Seufzer genoss er den exotischen Duft, der ihm entgegenströmte. Gebratenes Gemüse mit Ingwer und Morcheln, dazu Hühnerfleisch.

Scharf. So wie er es liebte.

Kapitel 2:
Jakes Zettel

Der Brief lag zwischen den Seiten eines Werbekatalogs für britische Kleidung.

Die waren schnell, die Engländer, dachte Karmann, als er sich an die ältliche Lady mit violetten Haaren erinnerte, die ihm am ersten Tag der Messe ein freundliches Gespräch über die Vorzüge echt englischen Tweeds aufgedrängt hatte. Karmann hatte sich gerettet, indem er seine Adresse auf einer Liste hinterließ. Das Werbegeschenk, ein geschmackloser Pin mit einer Bulldogge mit Tartan-Kappe, hatte er in den nächsten Papierkorb geworfen. Kurz darauf war die Episode vergessen, denn er hatte Jake getroffen, zum ersten Mal seit der *Classic Watch Convention* in Miami vor zwei Jahren.

Karmann zog den Brief hervor und betastete den Umschlag. Ein Rechtsanwaltsbüro aus Freiburg, dessen Namen ihm nichts sagte. Er hatte keine Ahnung, ob und wo er sich in irgendeiner Weise schuldig gemacht hatte. Vielleicht eine Frist versäumt? Mit dem Edelstahlbrieföffner schlitzte er sorgfältig den Umschlag auf.

In dem knappen Anschreiben wurde ihm mitgeteilt, dass er zur Verlesung des Testaments des verstorbenen Friedrich Karmann senior geladen wurde.

Karmann war erstaunt und verwirrt. Als er vor Jahren sein Erbteil ausbezahlt bekommen hatte, hatte er gleichzeitig eine Erklärung unterzeichnet, dass er fortan auf alle ihm zustehenden Ansprüche verzichtete. Er hatte bedenkenlos unterschrieben und von jenem Tag an sich jeglichen Gedankens an die Firma enthalten.

Was konnte das bedeuten? Gab es vielleicht doch noch einen rechtlichen Pflichtteil, der ihm jetzt zustand? Und wer würde nun den Betrieb bekommen?

Was gab es sonst? Etwas Persönliches? Karmann hatte früher mit dem mannshohen Globus geliebäugelt, der ihn schon als Kind beeindruckt hatte. Sein Vater hatte ihn bei einem Antiquitätenhändler in Genf erstanden und als Blickfang in seinem Arbeitszimmer aufgestellt. Er besaß einigen Wert und würde mit Sicherheit auch gut als Deko in den Uhrensalon passen. Rechtlich gehörte der Globus natürlich zum Gesamterbe, aber vielleicht hatte der alte Karmann in einem Anflug von Sentimentalität sich an die Stunden erinnert, als er mit seinem staunenden Sohn die Umrisse der fernen Länder nachfuhr.

Friedrich hatte sich eher für die fantasievollen Geschöpfe interessiert, die als Illustration in den großen Meeresflächen auftauchten – Seeschlangen, Wale, Krokodile, fliegende Fische und andere, die sich in seiner Vorstellung zu einer Welt verbanden, die schrecklich und geheimnisvoll gleichzeitig war, und die für viele Jahre Karmanns Vorstellung prägte.

24

Ein Blick auf das Datum verriet, dass der Termin bereits übermorgen sein sollte. Der Brief musste schon einige Tage gelegen haben. Karmann überlegte, ob er nicht im Büro des Anwalts anrufen und absagen sollte. Es gab nichts, was ihn bei einem solchen Treffen interessieren konnte. Vielleicht würde ein Rechtsvertreter seiner verstorbenen Mutter da sein, aber das war unwahrscheinlich.

Er beschloss, die Sache zunächst ruhen zu lassen. Es gab Wichtigeres zu tun. Und Spannenderes.

Es war Zeit, mehr über die Adresse zu erfahren, die er aus England von der Messe mitgebracht hatte. Eine einfache Anschrift, mehr hatte Jake O'Donell, sein Kumpel aus Detroit, nicht. Keine Telefonnummer, keinen Mail-Kontakt.

Jake hatte verschmitzt gegrinst, als er Karmann die Daten aufgeschrieben hatte. »Normalerweise würde ich mich selber darum kümmern«, hatte er vielsagend hinzugefügt, »aber dieses Mal lasse ich dir den Vortritt. Diese Art von Uhren ist nicht das, was ich bevorzuge. Außerdem ist das ja bei dir um die Ecke.«

Das konnte nach amerikanischen Entfernungsmaßstäben natürlich ebenso ein paar hundert Kilometer bedeuten, doch Karmann ahnte sofort, dass der Ort bei ihm zu Hause in der Nähe sein musste.

Mathieshof. Irgendwo im Schwarzwald. Der Hof des Bauern Mathias. Nie gehört.

Die Aussicht, die älteste existierende Schwarzwalduhr in seinen Besitz bekommen zu können, spornte Karmann an. Dafür wäre er überall hingefahren und hätte jeden Preis bezahlt.

Karmann warf den Computer an. Das Lexikon gab ihm vier verschiedene Orte mit diesem Namen an, allesamt im Hochschwarzwald. Das engte das Zielgebiet von vorneherein ein. Karmann betätigte erneut die Suchfunktion und navigierte durch die Kartenansicht. Die Höfe lagen allesamt irgendwo im Wald zwischen Furtwangen, Donaueschingen und dem Titisee. Das waren weniger als hundert Kilometer von hier, war also gut zu schaffen.

Doch wo sollte er anfangen? Er konnte die Adressen der Reihe nach abfahren, aber das dauerte. Karmann war ungeduldig. Er brauchte zumindest einen Namen.

Zwei Adressen waren immerhin mit einer Webseite verbunden. Ferien auf dem Bauernhof. Familienglück in der Natur. Karmann stöhnte. Der Gedanke an wuselige Kleinkinder, die mit Hühnern herumrannten und Ziegen streicheln durften, schreckte ihn ab. Er hatte für Kinder nie viel übrig gehabt. Sie waren laut und lenkten ihn ab. Vor allem waren sie unberechenbar.

Anders als seine Uhren. Die Präzision. Das Gleichmaß. Mit ihnen fühlte er sich wohl, bei ihnen war er zu Hause. Er liebte die Verlässlichkeit, die Sicherheit, die ihm Daten und Uhrzeiten verschafften. Bei Verabredungen war er stets pünktlich, und er erwartete dies auch von anderen. Er liebte Japan, das Land, in dem die Züge derart präzise organisiert waren, dass bereits eine Abweichung von ein paar Minuten als unvorstellbar, ja als Schande für die Verantwortlichen galt. Einmal musste er auf der Suche nach einer Uhr nach Marokko fliegen. Es hatte ihn rasend gemacht, als der Linienbus, auf den

26

er gezwungenermaßen zurückgreifen musste, nicht nur mehr als eine Stunde zu spät abfuhr, sondern darüber hinaus auch noch eine Runde durch die Stadt fuhr, um unterwegs weitere Passagiere aufzusammeln.

Dass er es nicht pünktlich zur Beerdigung geschafft hatte, kratzte weniger am Respekt für seinen verstorbenen Vater als vielmehr an der Tatsache, dass es ihm nicht gelungen war, im Rahmen der Zeit zu bleiben. Die Verspätungen auf dem Flugplatz waren keine Entschuldigung. Er hätte es einplanen müssen.

Karmann hörte aus der Küche den durchdringenden Pfiff des Heißwasserkessels. Zeit für den Tee, den er aus England mitgebracht hatte. Ein *Twinings* Darjeeling, auf die Schnelle im Duty Free Shop in Heathrow mitgenommen.

Das war nicht seine Art. Wenn er nicht zur überstürzten Rückreise gezwungen gewesen wäre, hätte er selbstverständlich bei *Twinings* direkt im Laden gekauft, in dem gepflegten historischen Gebäude im Temple-Bezirk, wo seit 1706 mit Tee gehandelt wurde.

Karmann seufzte. Auf solche Dinge legte er Wert. Die etwas kitschig aufgemachte Teedose vom Flughafen war dafür nur ein schwacher Trost.

Während er die ersten Schlucke nahm, gingen seine Gedanken zurück zu der Uhr. Es war nicht das erste Mal, dass er vor einer fast aussichtslosen Herausforderung stand. In Marokko war es noch schwieriger gewesen. Es hatte ihn einen übermenschlichen Aufwand an Zeit, Nerven, endlosen Gesprächen und Irrwegen gekostet, ganz zu schweigen von den Bestechungen.

27

Doch sein Entdeckergeist hatte ihn vorangetrieben. Dieses einzigartige Erleben, der Erste zu sein, der etwas in den Händen hielt, das der Welt bislang verborgen gewesen war! Die antike arabische Wasseruhr war seither ein Glanzstück seiner Sammlung, an deren Erwerb er sich gerne erinnerte.

Nachdenklich biss Karmann in eines der Croissants, die er sich wie jeden Tag früh am Morgen von der Bäckerei per Boten liefern ließ. Der Schwarzwald war keineswegs einfacher als Nordafrika. Er hatte keine Adresse, er verstand die lokale Sprache nur unzureichend, und er musste mit Unverständnis und Sturheit rechnen. Er hatte die Ahnung, dass er dieses Mal mit Geld nicht viel würde ausrichten können.

Auch während er das zweite Croissant verzehrte und eine weitere Tasse Tee trank, gelang es Karmann nicht, im Kopf einen Weg zu skizzieren, auf dem er sein Ziel erreichen konnte. Das Ganze schien mit einem Aufwand verbunden, vor dem selbst sein Entdeckergeist zu kapitulieren drohte.

Sollte er es lieber sein lassen? Karmann sah Jakes feixendes Gesicht vor sich, wenn sie sich das nächste Mal über den Weg laufen würden. Er würde seinen Fehlschlag eingestehen müssen. Ein Fehlschlag, der einer Niederlage gleichkam.

Es half alles nichts, er würde sich mit Steinhuber treffen müssen.

Kapitel 3:
Im Uhrenmuseum

Geduldig brummte der Jaguar die vielen eng aufeinanderfolgenden Kurven nach oben. Es war wenig Verkehr. Karmann konnte entspannt die atemberaubenden Ausblicke genießen, die sich ihm boten, je weiter er sich den Berg hinaufschraubte. Tief hängende Wolken verfingen sich in der Kulisse der Tannen im oberen Ausläufer des Tales, ab und zu unterbrochen vom Flug eines der Greifvögel, die hier oben ihr Zuhause hatten.

Karmann hatte die Straße über das Simonswälder Tal gewählt. Er hatte Zeit und nahm die geringfügig weitere Strecke gerne in Kauf. Er kam jedes Mal aufs Neue ins Staunen, wie sehr sich die Landschaft auf wenigen Kilometern drastisch änderte. Von der Rheinebene um Freiburg durch die Enge der Schwarzwaldtäler bis hinauf zu den Berghängen, wo sich die Straße bis fast auf 1.000 Meter Höhe emporwand, überraschte ihn jede Kurve, jeder Kilometer mit neuen Ausblicken. Wenn im Tal im Frühjahr Krokusse, Forsythien und Osterglocken blühten, konnte es sein, dass er auf den Höhen von plötzlichem Nebel oder Schneefall überrascht wurde. Die Jahreszeiten türmten sich übereinander wie Sehnsüchte und Erinnerungen. Das Bewusstsein durchstreifte die unterschiedlichen Höhenlagen wie ein Regal, in dem die Bücher übereinandergestapelt darauf warteten, der Reihe nach aufgeschlagen zu werden.

Karmann hatte Kurt Steinhuber vor sieben Jahren kennengelernt. Im Freiburger *Augustinermuseum* hatte es eine Ausstellung über Schwarzwaldmaler gegeben. Beide waren länger als gewöhnlich vor einem Bild von Karl Hauptmann stehen geblieben. Ihr kurzes Gespräch hatten sie in einem der Altstadtcafés fortgeführt und dabei neben der Liebe zum Schwarzwald weitere Gemeinsamkeiten entdeckt. Als Steinhuber von Karmanns Uhrenleidenschaft hörte, hatte er ihn eingeladen, ihn an seinem Arbeitsplatz im Furtwanger Uhrenmuseum zu besuchen. Seither waren sie in losem Kontakt geblieben, Steinhuber hatte Karmann mehr als einmal einen wertvollen Tipp für dessen eigene Sammlung gegeben. Als Karmann ihn dieses Mal anrief, war er sofort bereit, ihn am Nachmittag in seinem Büro zu empfangen.

Kurz hinter Gütenbach stieß Karmann auf die B500, die bestens ausgebaute Bundesstraße, die sich von Waldshut am Hochrhein über die Kämme des Hochschwarzwalds bis Baden-Baden zog. Von hier aus waren es nur noch wenige Kilometer bis Furtwangen, seinem Ziel.

Vom Parkplatz aus bis zum Haupteingang des *Deutschen Uhrenmuseums* waren es ein paar Schritte. Heute war Ruhetag, die Tür wie erwartet abgeschlossen. Karmann läutete, und Steinhuber empfing ihn.

»Was treibt dich in die Provinz?«, fragte Steinhuber, nachdem er Karmann in sein Büro geführt und beiden

30

einen Kaffee mit seiner modernen Siebträgermaschine aufgebrüht hatte.

Karmann nahm einen vorsichtigen Schluck. Obwohl er Teetrinker war, genoss er von Zeit zu Zeit das kräftige Aroma eines gut zubereiteten Kaffees. »Leicester«, gab er vielsagend zur Antwort, »die Uhrenmesse.« Er zog seine Brieftasche aus dem Jackett, griff hinein und legte den Zettel auf den Tisch, den er von Jake bekommen hatte.

Steinhuber nahm ihn auf. »Mathieshof«. Er runzelte die Stirn. »Was soll das heißen?«

Karmann kannte sein Gegenüber so gut, dass er wusste, wie er es anstellen musste, ihn zu interessieren. Er wusste, dass sie Konkurrenten sein würden, doch er musste es darauf ankommen lassen.

»Die älteste Uhr im Schwarzwald«, gab er vielsagend zur Antwort. »Was weißt du darüber?«

Steinhuber antwortete nicht sofort. Er setzte sich in einen der beiden ausladenden Ledersessel und zündete sich eine Zigarette an. Nach den ersten Zügen räusperte er sich.

»Die älteste Uhr im Schwarzwald?« Er gab sich Mühe, seine Stimme beherrscht klingen zu lassen.

Karmann nickte. »So habe ich es gehört.«

»Woher weißt du das?«

Karmann erzählte mit wenigen Worten von der Begegnung mit Jake. »Er meinte, er würde das mir überlassen.«

»Überlassen? Was meinst du damit?«

Karmann spürte, dass er ihn an der Angel hatte. Er war sich sicher, dass Steinhuber längst etwas ahnte. Dennoch gab er sich vertrauensselig. Er berichtete von dem wenigen, was er von dem Amerikaner mitbekommen hatte.

31

»Am Ende überließ er mir, ob ich weiter nachforschen wollte. In alter Freundschaft. Außerdem sei es für ihn zu mühsam. Was meinst du, ist das Ganze ernst zu nehmen?«

Wieder gab Steinhuber zunächst keine Antwort. »Du weißt, dass die älteste bekannte Schwarzwalduhr seit ein paar Jahren bei uns im Museum aufbewahrt wird? Allerdings ...« Er nahm einen weiteren Zug und drückte dann die Zigarette aus.

»Allerdings?«

»Ich habe lange darüber nachgeforscht. Die Ursprünge liegen im Dunkel. Irgendwann im 17. Jahrhundert, irgendwo hier in der Gegend wurde die erste Uhr gefertigt. Es gibt sogar Vermutungen, auf welchem Hof das war. Aber ob es eine noch ältere als unsere gibt, ist nicht bekannt. Es wäre eine Sensation.«

»Sensation?« Karmann verbarg geschickt seine Neugier. »Was könnte Jake damit gemeint haben?«

»Nun ja, das liegt auf der Hand. Wenn authentische Stücke aus jener Zeit auftauchen, müssten viele Einschätzungen und Bewertungen geändert werden.« Karmann ahnte, was folgen würde. Steinhuber sah sich als absoluten Kenner auf seinem Gebiet. Er liebte es, mit seinem profunden Wissen das jeweilige Gegenüber zu beeindrucken.

Wie befürchtet, setzte er zu einem seiner ausschweifenden Monologe an. »Die Geschichte des Uhrmacherhandwerks im Schwarzwald, wie wir sie kennen, reicht zurück bis in die Zeit ...«

Karmann kannte Steinhuber gut, er wusste, dass er ihn zunächst einmal gewähren lassen musste. Obwohl Steinhuber keine besondere Ausbildung besaß, war er im

32

Laufe der Jahre in eine der führenden Positionen hineingewachsen und sah sich als Koryphäe bei allem, was das *Deutsche Uhrenmuseum* betraf. Sein Maschinenbauingenieurstudium half ihm zumindest so weit, dass er in technischen Fragen gerne als Fachmann hinzugezogen wurde. Da er außerdem ein ungewöhnlich gutes kaufmännisches Geschick besaß, war seine Position unangefochten. Das historische und vor allem das folkloristische Drumherum, das vor allem im Schwarzwald bei den Besuchern von besonderer Bedeutung war, hatte er sich zum größten Teil angelesen. Das, was er wusste, genügte, so lange er keine Führungen leiten musste.

»Aber was ist nun mit dieser historischen Uhr?« Karmann, der seine Neugier kaum zügeln konnte, unterbrach den Redefluss seines Gegenübers. »Hast du nun eine Vermutung oder nicht? Eine konkrete Spur?«

»Wie man's nimmt.« Steinhuber zog ein nachdenkliches Gesicht.

Karmann sah auf. »Das heißt, du kennst den Namen?«

Steinhuber nickte. »Der Mathieshof bei Eisenbach. Das Gerücht, dass der Thomabauer eine uralte Uhr in seinem Besitz habe, gibt es schon länger.«

»Gerücht?«

»Ich habe es per Zufall aufgeschnappt, als ich mit Volker Mayer, einem unserer Stammbesucher, ins Gespräch kam. Wir hatten uns über die Schwierigkeit unterhalten, die Ursprünge der ersten Schwarzwalduhren zu rekonstruieren. In den alten Kirchenaufzeichnungen der Patres ist einiges zu finden, bis hin zu Namen von Uhrmachern. Im Museum haben wir sogar ein paar schöne Exemplare.

Aber das ist letztlich ziemlich vage. Die Gelehrten streiten sich seit Jahrzehnten darüber.«

»Und dieser Mayer, was wusste der?«

»Er selbst hatte sie nicht gesehen. Aber du weißt ja, wie das ist. Über drei Ecken, der Freund eines Freundes. Auf jeden Fall kam von ihm der Hinweis auf den Mathieshof.«

Karmanns Spannung stieg. »Und dann?«

»Ich war sogar dort, höchstpersönlich. Ein Hof, ziemlich abgelegen, keine Nachbarn in der Nähe. Ich habe versucht, Thoma zu überzeugen, die Uhr an das Museum zu verkaufen, richtiggehend bekniet habe ich ihn. Versucht, ihn von der kunsthistorischen Bedeutung zu überzeugen. Und einen schönen Batzen Geld obendrein habe ich ihm geboten. Ich bin bis zur oberen Schmerzgrenze unseres Etats gegangen.«

»Und?«

»Keine Chance. Er war höflich, hat sich alles in Ruhe angehört und dann alles abgelehnt. ›Die Uhr bleibt, wo sie ist‹, mehr hat er nicht gesagt.«

»Aber gesehen hast du sie doch? Wie sieht sie aus? Ist sie gut erhalten?« Karmann konnte sich kaum mehr halten und war aufgesprungen.

Steinhuber stieß ein kurzes, sarkastisches Lachen aus. »Nicht einmal gezeigt hat er sie mir. Auch kein Foto, nichts. Daher kann ich bis heute nicht mit Gewissheit sagen, dass es die Uhr überhaupt gibt.«

Karmann trat ans Fenster und sah hinaus. Auf dem leeren Parkplatz trieb der Wind die Blätter vor sich her. »Was glaubst du?«

Steinhuber zündete sich erneut eine Zigarette an. Nach

34

dem ersten hastigen Zug trat er neben Karmann. »Ich weiß es nicht. Ich müsste die Uhr sehen. Ich müsste sie von einem unserer Experten begutachten lassen.«

»Also glaubst du doch daran?«

Steinhuber verzog das Gesicht. »Diesem Thoma ist alles zuzutrauen. Dass er das Ganze erfunden hat, glaube ich nicht. Was hätte er davon? Die Frage ist, ob die Uhr, die er hat, tatsächlich einen Wert hat.«

Karmann ging zurück zum Schreibtisch und sank in den Ledersessel. »Hast du es noch einmal versucht?«

»Nicht nur einmal. Ich habe sogar meine Kollegin hingeschickt in der Hoffnung, dass er sich einer Frau gegenüber höflicher zeigen würde. Nichts.« Steinhuber wirkte sichtlich aufgebracht. »Sogar gedroht habe ich ihm damit, die Uhr offiziell beschlagnahmen zu lassen. ›Schutz regionalen Kulturguts‹ oder so ähnlich. Was es natürlich nicht gibt. Aber auch davon hat er sich nicht beeindrucken lassen. Ich wurde den Verdacht nicht los, dass es ihm Freude machte, uns zappeln zu lassen.« Er wandte sich zu Karmann. »Ich weiß, du kannst ganz schön hartnäckig sein. Aber an dem Thomabauer würdest sogar du dir die Zähne ausbeißen!« Er drückte die Zigarette aus und öffnete das Fenster. »Am besten, du vergisst das Ganze. Wahrscheinlich ist sowieso nichts dahinter.« Er legte Karmann die Hand auf den Arm. »Jetzt komm, ich zeige dir unsere neueste Errungenschaft. Und du kannst mir von der Messe erzählen.«

Eine Stunde später war Karmann wieder auf dem Heimweg. Er hatte sich spontan entschieden, die Straße über den Spirzen und Kirchzarten zu nehmen.

Leider wurde sein Fahrvergnügen abrupt nach der Auffahrt auf die B31 beendet. Der Verkehr wurde mit jedem Kilometer dichter und kam an der Einfahrt zum Kappeler Tunnel endgültig zum Erliegen. Karmann musste sich geduldig Meter für Meter vorwärtsschieben. Er schaltete das Radio ein. Happy Hour Jazz mit John Coltranc. Immerhin.

Während der Fahrt war Karmann zunehmend nachdenklicher geworden. Steinhubers Bericht hatte ihn keineswegs entmutigt, im Gegenteil. Er wusste jetzt, dass von offizieller Seite her keine Konkurrenz zu befürchten war. Trotzdem fragte er sich, was von der ganzen Sache zu halten war.

Und: Woher hatte Jake die Informationen?

Kapitel 4:
Das Uhrenzimmer

Die Spatzenwolke wehte heran, löste sich auf in freche zwitschernde Einzelteile, hierhin, dorthin, ein wirbelnder Sommergruß in die verborgenen Hinterhöfe, an unsichtbare Mauervorsprünge und rostfreie Gartentüren.

Er wusste, dass sie sich in jeder Sekunde wieder zusammenballen und mit einem schrillen Schimpfen weiterstürzen und ihrem ungewählten Anführer folgen würden. Keiner würde zurückbleiben, keiner würde fehlen, jeder von ihnen war zu Hause, in jeder Sekunde.

Die Terrasse des Nachbarn streiften sie heute zum ersten Mal nur kurz, eher aus Gewohnheit. Seit vier Tagen fanden sie nichts mehr auf dem Boden, in den Ritzen unter den matt glänzenden Rattansesseln, dem riesigen Tisch mit der leeren Naturmarmorplatte und den schmiedeeisernen Bildwerken, die seit einigen Jahren von findigen Werbestrategen als neue Gartenkunst angepriesen wurden und die Karmann scheußlich fand.

Karmann sah den Vögeln gerne zu. Das Gleichmaß ihrer Bewegungen, die Schönheit der Figuren. Ihre Verlässlichkeit. Es beruhigte ihn.

37

Die Krümel und anderen Reste waren längst aufgepickt von gierigen nervösen Schnäbeln, von Tauben, Amseln und den allzeit wachen Saatkrähen, die jedes Jahr zu einer schlimmeren Plage wurden. Was zu klein war oder übersehen wurde von den Unsichtbaren weggetragen – Ameisen auf Dauerpatrouille, von Wespen auf der Suche nach Süßem, von kleinen Käfern, die keinen Namen hatten.

In diesem Sommer hatte Karmann die beiden Alten nur noch selten auf der Terrasse gesehen. Nicht dass er zu denen gehörte, die ein ständig waches Auge auf ihre Nachbarn hatten, denjenigen, die auf Abruf zu jedem der Häuser die dazugehörige Geschichte zu erzählen wussten und jederzeit aktualisierten. Auch die gab es. Karmann hatte schon öfter auf dem Dachbalkon des Dreifamilienhauses am Ende der Straße die Gläser eines Feldstechers aufblitzen sehen. Er wusste, dass dort die melancholische Mittvierzigerin mit dem grauen Gesicht wohnte, die zu oft mit ihrem grauen Pinscher die Straßen entlang zog. Zu Karmanns Erleichterung hatte sie es seit Längerem aufgegeben, ihn in ein Gespräch verwickeln zu wollen, wenn er sie zufällig traf. Er hatte von Anfang an höflich, unverbindlich und knapp geantwortet. Von der Grauen ging etwas aus, das er als unangenehm empfand, obwohl er es nicht benennen konnte. Karmann hatte im Laufe der Jahre gelernt, solchen Gefühlen aus dem Weg zu gehen. Sie zogen ihn in eine Scheinwelt oberflächlicher Befriedigung, mit der er nichts anfangen konnte und wollte.

Die Spatzen waren längst in den Spiegeln der aufblitzenden Morgensonne verschwunden. Karmann ertappte

38

sich dabei, dass sein Blick länger als üblich an der Nachbarterrasse verweilte. Die Markise über den Rattanstühlen war seit Tagen nicht mehr eingezogen worden, um den Sockel eines edelrostverzierten Kranichs hatte der Wind die Reste einer Zeitung geknüllt. Die Hortensien in den Kübeln an der vorderen Begrenzung zum Garten hin neigten bedenklich die Köpfe. Erste grünbraune Inseln im Zierrasen verrieten, dass niemand daran dachte, den Wassersprenger in Betrieb zu setzen. Der lackblaue kleine Ständer mit dem dünnen roten Schlauch lag unverändert an derselben Stelle, gleichgültig überwachsen von einigen Gänseblümchen, die geduldig gewartet hatten, dass der Mähroboter, der sich üblicherweise jeden dritten Vormittag über das sanft gewellte Gelände arbeitete, einmal eine Pause einlegen würde.

Die Rollläden, die sonst jeden Morgen um 7.30 Uhr mit der Pünktlichkeit einer Zeitschaltuhr nach oben gingen, waren geschlossen.

Karmann hatte schon am zweiten Tag gewusst, was es bedeutete. Er wusste, dass sie auf Dauer unten bleiben würden, wie es bei Wohnungen üblich ist, deren Besitzer weggezogen sind. Oder gestorben.

Karmann wandte sich vom Fenster ab, ging in die Küche und setzte Teewasser auf. Am Morgen bevorzugte er eine anspruchslose englische Mischung, die weniger dem Genuss als dem Wachwerden diente. Kaffee vertrug er nicht mehr so wie früher zu den Zeiten, als der Koffeinkick ebenso dazugehörte wie die Zigarettenpause, die eigentlich keine war, sondern lediglich den Giftspiegel hochhielt.

Karmann sah ohne besondere Aufmerksamkeit zu, wie sich im Wasser langsam Bläschen bildeten, die sich stetig vergrößerten, bis ein leises Blubbern ertönte. Seltsam, dass das Ganze erst wenige Jahre her war. Der tägliche Gang ins Büro, die Gespräche und Höflichkeiten, die Planungen und Bilanzen, Meetings und Interviews.

Karmann Messtechnik. Eine Erfolgsgeschichte des Neubeginns nach dem Krieg. Der Großvater hatte in seinem kleinen Elektroladen noch alles repariert, was die Leute ihm brachten – vom kaputten Föhn bis zum durchgeschmorten Toaster. Karmann hatte ihn noch in Erinnerung, wie er vornübergebeugt mit dem Lötkolben zusammenfügte, was zusammengehörte. Der eigenartige Geruch der unsichtbaren Wölkchen geschmolzenen Zinns gehörte ebenso zu dem Mann, der Karmann damals uralt vorkam, wie der Geschmack der billigen Pfefferminzbonbons, die er ständig lutschte, und von denen Karmann manchmal einen abbekam.

Karmann goss einen Schluck Milch auf den Boden der Tasse, goss sprudelndes Wasser darüber und hängte das Metallsieb mit der Assammischung hinein. Sofort durchzogen dunkle Schlieren die helle Flüssigkeit. Zarter Duft stieg auf. Karmann schaltete den Wasserkocher aus und stellte ihn zurück auf seinen Sockel. Er wartete, bis sich das Braun in der Tasse ausgebreitet hatte, dann zog er das Sieb heraus und legte es auf einem winzigen Teller ab. Zum Schluss ließ er einen Klumpen dunklen knisternden Kandis hineingleiten, trug die Tasse zu dem Glastisch neben dem Sofa und setzte sich daneben.

Als Karmanns Vater zwischen Werkstatt und Studium

40

durch einen Glücksfall ein entscheidender Durchbruch in der integrierten Messtechnik gelungen war, änderte sich aller Leben innerhalb kurzer Zeit. Das Patent schloss eine entscheidende Marktlücke, die Firma explodierte, das Geld floss in Strömen. Karmann war fortan nicht mehr nur der älteste Sohn, sondern Firmenerbe und ausersehener künftiger Lenker eines Imperiums.

Der Teeduft entfaltete seine Kraft, und Karmann nippte vorsichtig an dem heißen Getränk. Vielleicht wäre alles anders geworden, wenn er Kinder gehabt hätte. Doch Marlene hätte dies ihrer Figur nie angetan. Sie war von ihren Eltern, einem Unternehmerehepaar aus Wuppertal, auf das Internat am Bodensee geschickt worden mit dem einzigen Ziel, eine ansehnliche Partie zu machen. Karmann war das, zumindest was Bankkonto und Bekanntheitsgrad betraf. Ihre Scheidung war nach Karmanns Rückzug nur eine Frage der Zeit, ihre Abfindung stolz genug, um ihr das Leben zu ermöglichen, das sie auch ohne ihn glänzend in Szene zu setzen verstand.

Damals hatte Karmann sich zum ersten Mal über seine eigene Gleichgültigkeit gewundert. Die Zukunft der Firma, seine sich auflösende Beziehung, die rasch einsetzende Demenz der Mutter – all das war ihm nicht sonderlich nahegegangen. Anfangs hatte er geglaubt, es sei seine innere Stärke, die ihn vor den Folgen der Unbillen des Schicksals abschirmte. Doch in den Zeiten, in denen er sich erlaubte, seinen Gefühlen nachzuspüren, musste er feststellen, dass er nichts davon fand. Stattdessen stieß er auf eine nicht greifbare unerklärliche Mischung aus Desinteresse und Distanz an und zu den Dingen, unterbrochen lediglich durch ein kurzes Erschrecken über diese Erkenntnis.

Karmann nippte weiter an seiner Tasse, bis er sie halb geleert hatte, und stand dann auf. Mit einem Knopfdruck ließ er eine Hälfte der riesigen Panoramascheibe zur Seite gleiten und trat hinaus ins Freie. Sofort flogen ein paar zeternde Spatzen auf. Eine junge Amsel hüpfte schimpfend unter einen nahen Busch. Karmann streckte ein paar Mal seine Arme nach oben, wobei ihm die Ärmel seines Morgenmantels nach unten rutschten und seine kräftigen Unterarme entblößten.

Langsam ließ er seinen Blick von links nach rechts schweifen. Das Laub der Büsche unterhalb des leicht abschüssigen Gartens verdeckte den Blick auf die Zubringerstraße, von der Karmann wusste, dass dort sowieso kein Fahrzeug zu sehen sein würde. Es gab außer seinem Domizil und dem der beiden Alten niemanden, der hier wohnte. Es war die Premiumwohngegend der Stadt. Unverbaubare Sicht auf die Rheinebene, über der schon jetzt am späten Vormittag der Dunst eines weiteren Sommertags hing, wie sie sich in dieser Gegend unterschiedslos entlangreihten.

Nach Marlenes Abschied hatte Karmann überlegt, fortzuziehen und das Haus zu verkaufen. Doch er hätte nicht gewusst wohin, zudem würde es lange dauern, ehe er wieder die Bequemlichkeit des Vertrauten um sich herum aufgebaut hätte. Es war nicht so, dass ihm das Haus sonderlich gefiel, doch es erfüllte seinen Zweck so, wie Karmann es sich vorstellte, ein Art zweite Haut, in der er geschützt und ungestört sich bewegen konnte, ohne Überraschungen befürchten zu müssen.

42

Das Haus gegenüber würde nicht lange leer stehen. An seine zukünftigen Nachbarn verschwendete er keine Gedanken. Sie waren ihm gleichgültig im ursprünglichen Wortsinn, jeder, der kommen würde, galt ihm gleich viel oder gleich wenig. Die Lage war attraktiv und das Preisniveau hoch genug, dass er niemanden befürchten musste, der ihn sozial in Anspruch nehmen würde, wenn er es nicht wollte.

Karmann sah auf die Uhr. Zu spät für ein ausgedehntes Frühstück, zu früh, um bereits loszufahren. Ihm fiel ein, dass heute Benediktas freier Tag war. Dies bedeutete, dass in der Küche einiges bereitstehen würde, von dem er sich bedienen konnte. Sie hatte ein System entwickelt, bei dem er nur den Kühlschrank öffnen und einige Geräte bedienen musste. Vom Vollkornbrot über Obstsalat, Müsli bis zu mikrowellenfertigen Rühreiern brauchte er sich nur zu nehmen, was er brauchte. Sogar die Telefonnummer des französischen Bäckers lag auf einem großen weißen Blatt auf dem Esstisch, falls Karmann etwas anderes als die täglichen Croissants wünschte.

Seit Marlene ausgezogen war, sorgte Benedikta dafür, dass alle notwendigen Aufgaben im Haus erledigt wurden. Sie wusch, kochte, putzte, erledigt kleinere handwerkliche Aufgaben mit bewundernswertem Geschick und sorgte dafür, dass der Garten durch regelmäßige Besuche des Gärtners in Schuss gehalten wurde.

Marlene war nie eifersüchtig auf die Frauen in Karmanns Umgebung gewesen, ein Umstand, den er zweifellos viel mehr hätte in Anspruch nehmen können. Gelegenheiten gab es genügend. Dagegen war Marlene stets vorsichtig bei allem, was ihre Stellung hätte gefährden können. Benedikta entsprach sämtlichen Kriterien. Sie war zuverlässig, anspruchslos und vielseitig und Anfang 60. Sie hatte einen Mann, von dem keiner wusste, und eine behinderte Tochter, um die sie sich aufopferungsvoll kümmerte, ohne je ihre Pflicht bei Karmanns zu vernachlässigen. Keine Konkurrenz für Marlene. Im Alltag hatte er sie anfangs kaum beachtet. Die einzige Notiz, die Karmann von ihr genommen hatte, war ihr Name, den er ungewöhnlich fand.

Seit Marlenes Weggang war Benedikta mehr in den Vordergrund getreten. Doch sie hatte ein gutes Gespür für das, was Karmann brauchte oder brauchen könnte, sodass sich die Anlässe, bei denen er Entscheidungen zu treffen hatte, in engem Rahmen hielten.

Karmann entschied sich, vorläufig nichts weiter zu sich zu nehmen. Er hatte keinen Hunger wie immer, wenn etwas bevorstand, das ihn in Spannung versetzte. Stattdessen kleidete er sich an.

Er wählte eine helle Leinenhose, ein kurzärmeliges Hemd, keine Krawatte, darüber einen leichten Pulli, später das übliche Sakko. Das entsprach seiner Vorstellung von bescheidener Seriosität, die er sich für das Treffen mit dem Thomabauer vorgenommen hatte.

Ohne Schuhe glitt Karmann die Wendeltreppe hinunter in das Untergeschoss. Hier gab es eine kleine Gästewohnung, die bis auf gelegentliche Besuche von Marlenes Schwester nie benutzt worden war, einen Vorratskeller, dessen Inhalt im Wesentlichen aus einer überdimensionalen Tiefkühltruhe und Karmanns drei getrennt temperaturregelbaren Weinschränken bestand. Vom Keller aus führte die nächste Tür zur Garage, die in den Berghang hinter dem Haus eingelagert war.

Der größte und hellste Raum nahm die ganze Ecke zwischen der Vorderfront des Hauses und der Seite ein, die nach Norden zeigte. Karmann betätigte einen Schalter, der mit leisem Surren die Rollos nach oben bewegte. Die großen getönten Fensterscheiben ließen gedämpftes Licht herein.

Mit glänzenden Augen betrat er seine Schatzkammer. Der Raum, in dem die Zeit stillstand.

Wie jedes Mal, wenn er eintrat, erinnerte er sich an seinen ersten Besuch in Furtwangen.

An das tausendfache Klicken, Klingeln, Ticken, Schlagen, Vorwärtsrücken, an all die Zeiger, Zahlen, Gewichte, Pendel, Glocken und Glöckchen. Er hatte gespürt, wie eine seltsam anmutende archaische Vergangenheit an ihn herankroch, die in völligem Gegensatz zu dem ultramodernen, kaum spürbaren Multifunktionsgerät stand, das er an seinem Handgelenk trug.

In einem der Räume war zu Schauzwecken die Mechanik eines überdimensionalen Räderwerks nachgebaut. Das Innere der Zeit.

Karmann hatte fasziniert das Ineinandergreifen der großen und kleinen Zahnräder beobachtet, das langsame und allmächliche Weiterrücken von Schiebern, Zeigern und Balken, das Gewicht, das die Kraft der Erde aus der Schwere löste und auf das Ganze übertrug. Ein Höhepunkt menschlichen Erfindergeistes aus der Zeit, bevor Transistoren, winzige Stromstöße und digitale Steuerun-

45

gen die Welt unerbittlich und tödlich exakt in Nullen und Einsen zergliedert hatten.

Als er nach dem Besuch des Uhrenmuseums nach Hause zurückgekommen war, hallten die Bilder in der Nacht lange in seiner Erinnerung nach. Er hatte sich in den Garten gesetzt und begonnen, die weißen Zierkiesel aus dem japanischen Zierbeet in den Swimmingpool zu werfen, immer einen, immer an dieselbe Stelle, und er stellte sich vor, wie unter der Wasseroberfläche auf dem glatten Grund ein Haufen Steine emporwuchs, erst zerstreut, dann immer mehr zu einer Form verdichtet. Manchmal rutschten sie von oben her nach und drückten andere zur Seite weg, doch der Haufen wuchs, und Karmann hörte erst auf, als das Blumenbeet kaum mehr war als ein unansehnlich grauer Aushub mit verkrüppeltem Grün.

Später in der Nacht hatte er versucht, die Sterne zu zählen, und festgestellt, dass es immer mehr wurden, je länger er es tat. In den Morgenstunden, als die Himmelsschwärze allmählich ermüdete und sich der Tag empordrängte, mischte sich das Rauschen in seinem Kopf mit seinem Herzschlag zu einem Teppich, auf dem eine Nachtigall improvisierte, so als hätte ein Musiker an Stelle eines Konzertstückes das Bild eines Traumes gemalt.

Am nächsten Tag ging Karmann ins Büro wie an jedem Tag, und am selben Tag kaufte er seine erste Schwarzwalduhr.

Seine Zeit, die Zeit seiner Heimat. Die Wurzeln.

Er war viel herumgekommen in der Welt, obwohl er wenig Interesse an ihr hatte. Die Hotels, Tagungsräume,

46

Bürotrakte, Besprechungssäle waren überall gleich, in Hongkong, Dubai, Yokohama, Nairobi, Christchurch. Das Draußen war für ihn nicht mehr als wohlwollendes und oftmals geschäftsmäßiges Interesse, um den Gastgebern und potenziellen Geschäftspartnern zu schmeicheln und sie bei Laune zu halten, während gleichzeitig die Uhren unerbittlich weiterrückten, auch wenn man ihr Ticken seit Anbruch des digitalen Zeitalters schon lange nicht mehr hörte.

Karmanns Blick wurde sanft, während seine Augen langsam die Wände entlangstreiften. Es war wie ein Streicheln, mit dem er die kunstvoll geschnitzten Formen beschenkte, die winzigen Hebel und Stangen, die eingelegten Muster und Zahlen, die Blässe der Blumen und Gräser, Bauernszenen und verschlungener Ornamente.

Diese Uhren waren anders. Sie wuchsen aus der Erde der Felder, aus dem Granit der Berge und dem Holz der Wälder. Ihr Dasein allein löste in ihm jedes Mal den Funken, der die lange verschüttete und immer noch scheu verborgene Kammer zum Aufleuchten brachte, ein Raum, den Karmann hütete wie ein Kind und in dem es keine Unsicherheit gab. Keine Angst.

Jedes Mal, wenn Karmann das Zimmer betrat, spürte er, wie sein Atem ruhig wurde, als habe er sich wieder zum Schlafen gelegt. Es war vollkommen still in dem Raum, bis auf das Ticken der Schilderuhr, die vor zwei Monaten zu ihm gekommen war.

Karmann zog immer nur die eine auf, die er als letzte erworben hatte. Alle anderen waren an der Stelle stehen geblieben, an der die Kraft der Gewichte nachgelassen hatte und zum Stillstand gekommen war. Ein einzigartiger Moment, auf Dauer festgehalten in Ewigkeit.

Karmann erinnerte sich an die Scherzfrage, welche Uhr die genaueste der Welt sei. Die meisten würden von irgendwelchen atomgetriebenen Quarzwerken schwärmen mit Ganggenauigkeiten im Nachkommastellenbereich, die sich der normale menschliche Verstand nicht mehr vorstellen konnte. Doch in Wahrheit war es die Uhr, die still stand. Denn sie zeigte genau zweimal an jedem Tag die exakt richtige Zeit.

Karmann gefiel dieses Gleichnis. Dessen Gewissheit legte sich wie ein beruhigender Schutz um all die Uhren, die still standen.

Die Uhr, der Karmann das Ticken noch erlaubte, stand kurz vor dem Ende ihrer letzten Prüfung, die ihre Nachfolgerin fortsetzen würde. Der Punkt des Stillstands war ungewiss und nicht vorhersehbar. Karmann konnte ihn vorausahnen, sobald er sie nicht mehr aufziehen würde. Doch genau bestimmen würde er ihn nicht können. Er wusste, dass es bei seinem Sterben und seinem Tod genauso sein würde.

Karmann hatte die Uhren keineswegs chronologisch gehängt, wie es die allermeisten getan hätten, weder nach Alter noch nach dem Zeitpunkt des Erwerbs. Abläufe in der Vergangenheit waren ihm nicht wichtig, im Gegenteil. Sie hätten ihn nur gestört im Erleben dessen, was ihn jedes Mal befiel, wenn er diesen Raum betrat.

Er war sich sicher, dass er für die Schilderuhr bald eine Nachfolgerin finden würde. Wenn es die Uhr auf dem Mathieshof wirklich gab, würde sie zu ihm kommen und den

Platz ihrer Vorgängerin einnehmen so wie die Male zuvor. Sie würde als Einzige ticken, so lange, bis die nächste Veränderung eintrat, und immer so fort.

Karmann fragte sich nicht, wohin das alles führen würde. Seine Gedanken waren einzig auf das gerichtet, was den Ablauf in Bewegung hielt.

Dennoch spürte er, wie dieses Mal etwas anders war als sonst.

Es war das Alter, das sie von allen anderen unterschied. Eine Sensation, an deren Öffentlichkeitswirkung Karmann nichts lag, im Gegenteil. Er würde alles dafür tun, dass der Verkäufer verschwiegen bleiben würde.

Karmann war bewusst, dass er sich mit der Transaktion in gefährlicher Nähe ungesetzlichen Verhaltens bewegte. Die älteste existierende Schwarzwalduhr würde in Privatbesitz gelangen. Karmann war nie der gerissene Geschäftsmann wie sein Vater, für den erfolgreiche Geschäftsabschlüsse mehr als einmal wichtiger waren als geschriebene Regeln und Gesetze. Dafür trug er zu viel vom Erbe des Großvaters in sich, von der Ethik des ehrlichen Maklers, die weniger aus der Furcht vor Bestrafung durch weltliches oder göttliches Gericht resultierte, sondern aus tief in den Wurzeln der Vergangenheit reichenden Idealen von Anstand und gedeihlichem Miteinander.

Die genaue Gesetzeslage war Karmann nicht bekannt. Er wusste, dass man archäologische Funde grundsätzlich den Behörden melden musste. Erst vor einem Vierteljahr war ein Fall bekannt geworden, bei dem zwei Hobbyschatzgräber einen größeren Münzfund aus römischer

Zeit erst mit Verspätung anzeigten und dafür statt der erhofften Belohnung eine Strafanzeige ins Haus bekamen.

Ob dies auch für Antiquitäten galt, wusste Karmann nicht. Unabhängig davon würde er in einem Wettstreit mit dem Uhrenmuseum in Furtwangen, dem *Deutschen Museum* in München, wenn nicht gar mit dem *Germanischen Museum* in Nürnberg stehen. Doch dann hätte er den Vorteil, in einem Bieterwettstreit jederzeit über deren Etat gehen zu können.

Natürlich würde er mit dem kleinen Makel leben müssen, der Öffentlichkeit ein bedeutendes kunsthistorisches Werk vorzuenthalten. Doch Karmann tröstete sich mit dem Gedanken an die unzähligen Kunstsammler, in deren Safes und Privatgalerien von assyrischen Tontafeln bis zu Picassozeichnungen alles Mögliche unter Verschluss gehalten wurde.

Als Karmann zurück in sein Wohnzimmer kam, schien die Sonne hell durch das große Glasfenster. Die Konturen der wenigen Möbel traten hart und nüchtern hervor, so als seien sie eben erst dem Skizzenblock des Raumdesigners entsprungen. Die unhörbare Klimaanlage sorgte dafür, dass der flirrende Sommertag ausgesperrt blieb.

Von Steinhuber wusste er, dass der Thomabauer tagsüber nur schwer erreichbar sein würde. Er selbst hatte mehrere Anläufe gebraucht, bis es überhaupt zu einem ersten Gespräch gekommen war. Auch Steinhubers folgende Besuche waren mühsam geblieben, zumal Thoma an dem Ganzen nur wenig Interesse zeigte.

Karmann hatte sich daher entschieden, den Besuch im Schwarzwald auf den späten Nachmittag zu legen. Er erwog, sich für eine Siesta auf die Couch zu legen, ein Glas Zitronenwasser mit klirrenden Eiswürfeln griffbereit an seiner Seite. Doch er wusste, dass er keine Ruhe finden würde. Nicht heute, nicht mit diesen Aussichten. Er entschied sich, bereits jetzt loszufahren. Er konnte unterwegs etwas essen gehen. In den Bergen würde es angenehm kühl sein. Und er wollte auf keinen Fall zu spät kommen.

Karmann holte einen Lederkoffer aus dem Schrank und öffnete seinen Safe. Er nahm einige der sorgfältig geordneten Geldscheinbündel heraus und sortierte sie in den Koffer ein. Ob er sie brauchen würde, wusste er nicht. Ein probates Mittel, die Gier eines Geschäftspartners zu wecken, war ein solcher Anblick allemal.

Er würde nicht feilschen. Ein sauberes Geschäft. Klare Bedingungen. Kein Galama.

Der Kofferdeckel klappte wieder zu, die Safetür schnappte mit einem leisen Klicken ein. Karmann zog seine leichten italienischen Schuhe an und ging in die Garage. Er warf sein Leinensakko und die Geldtasche auf den Rücksitz. Die gepolsterte Schale im Kofferraum, die die Uhr aufnehmen würde, war vorbereitet. Ehe er das Garagentor öffnete und sich der gleißenden Sonne aussetzte, zog Karmann die *Tom-Ford*-Sonnenbrille über die Augen. Dann drehte er den Zündschlüssel. Der Motor des Jaguars schnurrte leise.

Kapitel 5:
Der Unfall

Als er das Geräusch hörte, wusste Karmann sofort, dass etwas nicht stimmte. Er nahm den Fuß vom Gas, löste die Kupplung und ließ den Jaguar an den Straßenrand ausrollen. Genauer betrachtet gab es keinen Rand. Die Straße, auf die ihn sein Navigationsgerät gelotst hatte, war so schmal, dass er sich kaum vorstellen konnte, wie zwei Autos aneinander vorbeikamen, wenn sie sich begegneten.

Karmann schaltete den Motor aus und öffnete die Tür. Ein Schwung kühle Luft kam herein, vollgesogen mit dem Geruch des Waldes – feuchtes Moos, Holz, Kiefernzapfen, zarter Moder. Durchaus angenehm. Sehen konnte Karmann nur wenig. Die Baumstämme schoben sich dunkel ineinander wie Säulen eines verfallenen Tempels, der Blick schaffte nur wenige Meter, ehe die Kulisse in konturenlose Schwärze überging.

Karmann stieß einen tiefen Seufzer aus und fluchte. Er hätte es ahnen können. Die eingeschobene Vergnügungsfahrt durch den Schwarzwald hatte sich ausgedehnt. Ein kleiner Spaziergang entlang der Südseite des Titisees, das ausgedehnte Mittagessen bei seinem Lieblingsitaliener in

Neustadt, ein Nickerchen auf einer Bank irgendwo im Wald bei Friedenweiler. Dass es in diesem Teil des Waldes keine Tankstellen gab und er einen beträchtlichen Umweg zurück zur B31 auf sich nehmen musste, war ebenso wenig eingeplant wie der Umstand, dass das Navi ihn zusätzlich irreleiten würde.

Doch der Ehrgeiz hatte ihn weiter getrieben. Karmann wollte unbedingt den Mathieshof erreichen. Irgendwo in diesem Waldstück musste die Abzweigung sein. Die letzte Wegbeschreibung eines Dorfbewohners war vage geblieben. In der Zwischenzeit war es dämmrig geworden.

Karmann stieg aus und ging um den Wagen herum. Die Kegel der beiden Scheinwerfer, die er inzwischen eingeschaltet hatte, bohrten sich wie Tunnelgräber in die Nacht.

Das Reh lag nur wenige Schritte entfernt, mitten auf der Straße. Sein Kopf mit der schmalen Schnauze war seltsam unnatürlich zur Seite gebogen, die Läufe waren gekrümmt, als ob sie unter Spannung stünden und jeden Moment loszucken wollten, das Fell dampfte und schimmerte matt im Scheinwerferlicht. Die großen schwarzen Augen glänzten und bewegten sich nicht. Kein Blut. Dennoch sah Karmann sofort, dass das Tier tot war.

Karmann fühlte sich seltsam leer. Im Bruchteil einer Sekunde war ein lebendiges, fühlendes Wesen zu Tode gekommen. Ohne ihn würde das Reh jetzt irgendwo im Wald verschwunden sein, sich einen neuen Schlafplatz suchen, nachdem er es aufgeschreckt und geblendet hatte. Er wäre schon auf dem Weg ins nächste Dorf, die nächste Stadt, zu den Lichtern.

Karmann sah sich um. Das matt glänzende Asphaltband vor ihm entzog sich schon nach kurzer Distanz seinem Blick. Mücken schwirrten und taumelten im Licht, stießen an das Glas der Scheinwerfer. Die Welt atmete lautlos, als habe er ihren Gang zum Stillstand gebracht.

Eine seltsame Scheu hielt ihn ab, das Reh näher zu untersuchen. Stattdessen gab er dem Drängen seines Verstandes nach. Er musste etwas unternehmen.

Er drückte den Knopf für die Warnblinkanlage, dann kramte er im Kofferraum nach dem Warndreieck und faltete es auseinander. Die Enge der Straße verwirrte ihn. Zudem war der Jaguar beim Bremsen auf die Gegenseite gerutscht. Schließlich entschied er, das Dreieck in die Richtung aufzustellen, aus der er gekommen war. Er konnte nur hoffen, dass die Scheinwerfer ein entgegenkommendes Fahrzeug rechtzeitig warnen würden.

Ein Teil seines Intellekts begann sofort kühl und rasch, die Situation zu analysieren, zu ordnen und die Notwendigkeiten abzuwägen.

Karmann erinnerte sich, dass bei einem Wildunfall unbedingt ein Förster oder Jäger verständigt werden musste. Oder war es die Polizei? In seinem Handy hatte er Adresse und Nummer des Thomabauern eingespeichert. Von ihm konnte er bestimmt am ehesten erfahren, wer zuständig war.

Der Blick auf sein Mobiltelefon verhieß nichts Gutes. Die Netzanzeige blieb blass. Karmann lief in beide Richtungen ein Stück die Straße entlang, doch es tat sich nichts. Zudem neigte sich der Akku bedrohlich der roten Linie. War da nicht etwas mit einem Notruf, der überall im Land

54

abgesetzt werden konnte, auch wenn er in einem Funkloch saß? Karmann wählte nacheinander mehrere Male die 110 und die 112. Ohne Erfolg.

Er konnte zu Fuß die Straße entlanggehen, bis er zu einem Haus oder einem Hof kam, um es dort zu versuchen. Doch er hatte keine Ahnung, wie lange das dauern würde. Er wusste nicht einmal, wo er war.

Den Besuch auf dem Mathieshof konnte er für heute vergessen.

Karmann kletterte zurück auf den Fahrersitz und zoomte das Display des Navi auf eine Größe, die ihm zu dem nötigen Überblick verhalf. Soweit er sich zu orientieren vermochte, befand er sich in einem ausgedehnten Waldstück etwa sieben Kilometer hinter dem letzten Ort, an den er sich erinnerte. Ein paar wenige Häuser nur, den Namen hatte er sich nicht gemerkt.

In Fahrtrichtung wand sich die Straße noch mindestens weitere drei Kilometer durch den Wald, ehe sie einen Ort erreichte, dessen Name ihm ebenso nichts sagte und der so klein war, dass er nicht mehr als ein unregelmäßiges kleines Rechteck auf dem Bildschirm hinterließ. Die größeren Orte wie Furtwangen, Neustadt oder Donaueschingen waren alle ein gutes Stück weit entfernt.

Karmann ließ sich in den Sitz zurückfallen. Es war eine der Situationen, in denen er sich wünschte, nicht vor zwei Jahren das Rauchen aufgegeben zu haben. Doch rasch sah er ein, dass auch die kurzfristige Beruhigung durch einen Nikotinschub ihm nicht weiterhelfen würde. Die Uhr auf dem Navidisplay machte ihm deutlich, dass es um diese Zeit schwer sein würde, Hilfe zu bekommen.

Resigniert musste sich Karmann eingestehen, dass es unsinnig war, auf Verdacht loszulaufen. Er konnte den Wagen nicht unbeaufsichtigt stehen lassen. Es blieb ihm nichts anderes übrig, als zu warten.

Karmann fuhr den Beifahrersitz zurück, so weit er konnte, und ließ die Rücklehne herunter. Dann schloss er beide Türen, kurbelte die Fenster herunter und machte es sich bequem, so gut es ging. Gerne hätte er etwas Musik gehört, um sich abzulenken, doch er war vorsichtig. Er verzichtete auf das Radio, ebenso ließ er die Musikdateien auf seinem Smartphone unangetastet. Es war ihm wichtiger, die Scheinwerfer brennen zu lassen, auch wenn sie die Autobatterie stark beanspruchten.

Nach wenigen ruhigen Atemzügen kehrten die Geräusche des Waldes zurück. Das Erste, was er hörte, war ein weit entferntes Heulen, das er aber nicht zuordnen konnte. Es verklang so rasch, wie es gekommen war. Ein Nachtvogel wahrscheinlich, den er aufgeschreckt hatte. Danach war es für Minuten völlig still. Erst winzige, kaum wahrnehmbare Geräusche erinnerten ihn daran, dass er nicht alleine war. Leises Scharren und Knacken, vorsichtiges Huschen und Schlängeln, zartes Kratzen und Rascheln. Keine Laute, die von innen kamen. Die Tiere des Waldes blieben stumm, als wollten sie unerkannt bleiben, als wollten sie mit dem Fremden nichts zu tun haben.

Karmann beschlich ein Gefühl von Furcht und Hilflosigkeit, wie er es bisher erst einmal erlebt hatte. Auf dem Nachhauseweg von einem Treffen mit Geschäftskollegen in einem der Vororte von Mumbai hatte er sich den Weg zeigen lassen und beschlossen, trotz der Warnung sei-

56

nes Gastgebers zu Fuß zum Hotel zurückzugehen. Nie würde er den Moment vergessen. Die belebte Straße war in der schwülen Nacht verschwunden. Die Gehsteige waren dicht an dicht belegt mit einfachen Betten, Matratzen und Liegen, unter Decken, Laken und Tüchern wälzten sich unzählige menschliche Körper, atmeten und schwitzten Leiber, umschlangen sich Familien und Paare, Hände, Arme, Füße schauten heraus, Schutz suchend die einen, in bizarren Winkeln geknickt andere. Überall schnarchte und röchelte es.

Der Anblick hatte Karmann gleichzeitig fasziniert und zutiefst erschüttert. Er hatte gehört von den Tausenden, die in diesem Land jede Nacht auf der Straße schliefen, weil sie nichts anderes hatten. Er hatte gehört von der Heerschar der Armen, der Krüppel, der Heimatlosen, der Bettler, der Aussätzigen. Doch dies mit allen Sinnen wahrzunehmen, zu sehen, zu erleben, zu spüren, überforderte ihn. Als er an einem der kleinen Feuer vorbeikam, die überall brannten, hatten sich ein paar von ihnen umgewandt, wortlos, gleichgültig. Aus einer anderen Welt. Ihre großen leeren Augen verfolgten ihn in den kommenden Nächten im Schlaf, lange nachdem er wieder nach Hause zurückgekehrt war.

Jetzt war er wieder vom Weg abgekommen. Wieder war er Eindringling in eine Welt, die nicht sein Zuhause war. Und dieses Mal hatte er einen der ihren getötet.

Unruhig wälzte Karmann sich hin und her. Er war müde, doch an Schlaf war nicht zu denken. Um das Unbehagen zu verscheuchen, versuchte er, sich die Tiere vorzustellen, die sich vielleicht um ihn herum bewegten. Doch der Versuch warf ihn zurück in die indische Nachtstraße, zu den grauen Gestalten, zu den Augen, ausdruckslos wie die Augen des Rehs, das immer noch wenige Meter vor ihm auf der Straße lag.

Die Müdigkeit wurde stärker. Karmann stemmte sich hoch und stand auf. Die Kante des Sitzes hatte die Blutzirkulation in seinem rechten Bein abgeklemmt, sodass er beim ersten Schritt einknickte. Der Schreck ließ ihn wieder einigermaßen zu sich kommen. Er stützte sich auf die Kühlerhaube des Jaguars und schlenkerte unbeholfen seinen Fuß, bis er ihn wieder einigermaßen spürte.

Er hob die Augen und sah etwas, das ihn sofort zu sich kommen ließ. Durch das verschwimmende Gitter der Baumstämme zitterte sich ein Licht durch die Nacht. Es war auf vertraute Weise anders als das, was er in den letzten Minuten, Stunden wahrgenommen hatte. Ein Rettungsboot aus seiner Welt auf dem Weg zu der winzigen Insel, auf der er zum Ausharren verdammt war.

Das Auto kam rasch näher, schon konnte er die beiden Scheinwerfer unterscheiden. Das Motorengeräusch wälzte sich über die Geräusche des Waldes, begleitet von rhythmischem Bassklopfen und den Fetzen einer Melodie.

Das Auto kam aus dem Tal herauf aus der Richtung, in die Karmann unterwegs gewesen war. Er lief ein paar Schritte die Straße entlang auf die Lichter zu. Gleichzeitig hob er die Arme und schwenkte sie hin und her.

Der fremde Wagen kam ein paar Meter vor ihm zum Stehen. Die Herzschmerzstimme des Radiosängers wurde abgewürgt, begleitet vom Gelächter zweier Frauenstimmen, die aus dem offenen Wagenfenster wehten. Im nächsten Moment öffneten sich beide Türen.

58

»Gefährlich sieht er nicht aus.«

»Nein, wahrlich nicht. Höchstens ein Schaf im Wolfspelz.«

Kichern.

Karmann konnte im Lichte der Scheinwerfer nur Umrisse erkennen. Er hob den Arm und die Hand vor die Augen.

»Er geht in Deckung.«

»Eingekreist.«

Noch mehr Kichern. Die Umrisse bewegten sich auf ihn zu. Karmann war unsicher. Dabei sollte er erleichtert sein.

»Hallo, ähm ...«

Ein Mensch, ein Tier im Rampenlicht. Ein totes Geschöpf und ein Schauspieler, der den Text vergessen hat.

»Er sieht wirklich nicht gefährlich aus. Ob er sich streicheln lässt?«

Prustendes Gelächter.

Karmann wandte die Augen ab. »Es ist so hell, ich ...« Er gab sich einen Ruck. »Ich habe ein Reh angefahren. Es ist tot.«

Einer der Umrisse löste sich aus dem Scheinwerferlicht und trat auf ihn zu. Eine Frau, mittleres Alter, lange Haare. Der Stoff ihres Kleides glänzte.

»Ich bin froh, dass Sie hier sind. Ich bin schon eine ganze Weile ... Hier ist kein Netz, natürlich hätte ich schon längst ... Jäger und Polizei ...«

Karmann hörte, wie jemand mit seiner Stimme sprach. Entschuldigung. Schlechtes Gewissen. Warum eigentlich? Was wollte er?

59

Die zweite Frau trat hinzu, sah ihn kurz an und ging vorbei. Schlank, ebenfalls gut gekleidet. Barfuß.

Barfuß?

»Sieh mal, Magda, er hat recht. Der böse Wolf hat zugebissen.« Die Schlanke sah auf das tote Tier herunter. »Ein Fall für Hanspeter.«

Magda ging an Karmann vorbei, trat zu dem Reh und bückte sich. »Schon das vierte in diesem Sommer. Wir müssen ihm Bescheid geben. Geht dein Handy, Maja?«

Die Schlanke hatte bereits das Mobiltelefon am Ohr. Ein paar Sekunden vergingen, dann schüttelte sie den Kopf. »Nichts zu machen. Hätte mich auch gewundert.«

Der sachliche Ton, den die beiden Frauen von jetzt auf nachher angeschlagen hatten, brachte Karmann einigermaßen zu sich. Aus ihrem Zungenschlag entnahm er, dass die beiden von hier aus der Gegend sein mussten.

Er fühlte sich immer noch benommen. Entschlossen bemühte er sich, seine Stimme fest klingen zu lassen. »Ich konnte nichts dafür. Es ging alles so schnell.«

Er bekam keine Antwort. Maja machte ein Foto von dem Tier und eines von Karmanns Jaguar, so, dass das Nummernschild mit im Bild war.

»Ich gebe Ihnen gerne meine Adresse.« Karmann fingerte nach seiner Brieftasche im Handschuhfach. Entschuldigend hob er die Hände. »Natürlich werde ich alles wieder in Ordnung bringen. Können Sie mich mitnehmen? Oder für mich im nächsten Ort Bescheid geben?«

Die beiden Frauen sprachen leise miteinander. Dann gingen sie an Karmann vorbei zurück zu ihrem Auto.

Dieses Mal meinte Karmann einen Hauch Veilchen zu riechen. Dazu etwas Exotisches, Sandel vielleicht.

Es war die einzige Antwort, die er bekam. Augenblicke später wurde ein Motor gestartet, der matt glänzende SUV setzte sich in Bewegung und zog an ihm vorbei. Es knackte im Unterholz, als zwei der breiten Reifen über den Rand der Straße ausscherten, um an dem Jaguar vorbeizukommen. Dann verschwanden die beiden Rücklichter rasch im Dunkel.

Karmann stand eine Weile reglos, als wie auf ein Zeichen die Geräusche des Waldes wieder einsetzten. Erst jetzt fiel ihm auf, dass sie verstummt gewesen waren.

Sie hatten ihn beobachtet, abgewartet, bis er erneut allein war auf seiner Insel in einem Meer aus Scharren, Rascheln, Stöhnen, Huschen, Knacken, Kratzen, Klappern, Reiben, Surren, Summen, Klopfen, Schlagen, Hämmern, Flutschen, Schlängeln. Selbst der reglose Leib des Rehs schien nun von winzigen Füßen, Beinen und Flügeln besetzt, von Zangen, Zwickern, Mäulern, Zähnen, Rüsseln, Öffnungen benagt, befressen, geritzt, angebohrt, verdaut, mit winzigen Eiern und Larven besamt.

Der fremde Planet hielt sich nicht auf mit dem Eindringling, das Leben ging ebenso weiter wie der Tod.

Karmanns Anspannung wich der Müdigkeit. Er konnte nichts weiter tun als warten.

Kapitel 6:
Mathieshof

Die Geräusche des Waldes vermischten sich mit den Geräuschen des Hauses. Der Wind strich suchend um die Ecken, fing sich in den Fensternischen, fuhr unter das Schindeldach und brachte die Wände zum Zittern. Uraltes Holz knarzte, wunderte sich über den Eindringling, sprach in einer vergessenen Sprache, begleitet von kaum wahrnehmbarem Rascheln winziger Füßchen unterm Bett, im Schrank, auf der Stiege. Ein Huschen, das die Treppe heraufglitt, die Tür öffnete und gleich einer Wolke aus Moos, Kiefernnadeln und Sandel sich über Karlmanns Bett ausbreitete. Er spürte, wie die Decke zurückgezogen wurde, wie eine prickelnde Wärme sich neben ihm erhob, ihn befühlte, bestrich und umfasste. Leiser Atem fasste sein Ohr, eine spitze Zunge glitt über seine Augen, sein Kinn, seinen Hals. Auf einmal waren überall Nähe, Wärme und Verlangen.

Karlmann antwortete, ungläubig und zaghaft zuerst, dann fester, umfassender. Seine Hände erkundeten und fanden den anderen, begannen zu fühlen, zu spüren und zu streicheln. Sein Blut erwachte und bewegte sich, füllte ihn und den anderen aus, schwang sich ein in den ewig wiederkehrenden Rhythmus von Geben und Nehmen, von Verlangen und Vereinigung.

Karmann erwachte mit einem fremden Geruch in der Nase. Fremde Geräusche. Fremdes Licht. Noch ehe er die Augen aufschlug, wusste er, dass er wach und dies kein Traum war. Das Bett, das Zimmer, das Haus – die Erinnerung setzte sich zusammen wie ein Film, der rückwärts aufgespult wird.

Das Auto, das irgendwann einmal kam, der fremde Mann, der sich als Steiner Hanspeter, Dorfpolizist und Jagdpächter in Personalunion, vorstellte, das Reh, das mit einem kräftigen Schwung im Kofferraum verschwand, die Fahrt in die Nacht. Sein Jaguar war zurückgeblieben, das Reh war wichtiger. Dann das fremde Gästezimmer, die muffige Wäsche, der abgetretene Teppich.

Karmann öffnete die Augen, die Nachttischlampe neben ihm auf dem kleinen Schränkchen brannte noch, obwohl das Zimmer taghell war.

Er war müde gewesen und hatte nicht schlafen können. Irgendwann war er wieder aufgestanden, es mochte 3 Uhr in der Nacht gewesen sein, vielleicht später. Die einfache Großmutterwanduhr war auf 10.30 Uhr stehen geblieben.

Er hatte das Bücherregal durchgesehen, in dem anscheinend alles zusammengetragen war, was nicht mehr gelesen und dennoch nicht weggeworfen wurde – ein zehnbändiges Lexikon, ein Weltatlas aus den 6oer-Jahren, *Geo*-Hefte mit grünem Rücken, ein Bildband über die Schweizer Alpen, ein paar Kinderbücher.

Karmanns Blick war an einem Buch über Uhren hängen geblieben, ein Standardwerk, das er selbst zu Hause stehen und dessen Seiten er schon oft durchgeblättert hatte. Er zog es heraus und nahm es mit ins Bett. Wenn er schon nicht schlafen konnte, wollte er wenigstens etwas Vertrautes um sich haben.

Er bauschte die beiden Kopfkissen übereinander, lehnte sich an die Rückwand des Bettes, zog die Decke über sich und schlug das Buch auf.

Das schmale Heftchen, das ihm entgegenfiel, hielt er zuerst für einen Werbeprospekt. Doch das auffällige Titelblatt hatte nichts mit Uhren zu tun. Drei Gestalten waren abgebildet. Die auffälligste war nackt bis auf ein Tierfell, hatte blaue Haut und hielt einen Dreizack in der Hand. Die beiden anderen trugen grellbunte Kleidung. Alle drei hatten mehrere Arme und Hände, einer von ihnen sogar mehrere Gesichter. Der Titel der Broschüre war englisch und in goldenen Buchstaben: *Understanding Hinduism*. Darunter die typisch indischen Buchstaben, die aussahen, als hingen sie aneinandergereiht an einem Balken.

Sein Onkel hatte Karmann von den Zeiten erzählt, als in Freiburg Hare Krishna-People durch die Straßen gezogen waren. Mit ihren kahl geschorenen Köpfen und ihren weiten orangefarbenen Roben hatten sie getrommelt, gesungen und Werbeprospekte verteilt. Es waren die Zeiten, als über Nacht Menschen verschwanden und nach Puna pilgerten, um die Freiheit zu erlangen. Als Schriften von Timothy Leary und Alan Watts kursierten, als Carlos Castaneda und Hermann Hesse mehr gelesen wurden als Goethe.

64

Karmann hatte das Ganze damals mit der Neugier des jungen Menschen betrachtet. Heimliche Wünsche und Fantasien von ungebändigter Freiheit.

Doch sein Weg war vorgezeichnet, und er hatte ihn als richtig und unabwendbar eingeschlagen. Die Erinnerung an die Nacht in Mumbai begleitete ihn und das Heftchen mit den drei seltsamen Gestalten auf dem Titel. Hinduismus verstehen. Die Gehwege und Hofeinfahrten, die Feuer aus Kuhdung und Holz. Die Augen der Fremde.

Er verstand wenig von dem, was er las. Viele der Ausdrücke waren unübersetzt und verwirrten ihn mehr, als sie ihm weiterhalfen. Vielleicht wollte er auch nicht verstehen. Vielleicht suchte er nur nach einer Erklärung. Doch je weiter er las, desto mehr verschwammen die wenigen Fragen, die sich leise in ihm abgezeichnet hatten.

Fremd. Er würde keine Antworten finden, solange er die Fragen nicht kannte.

Die Matratze war durchgelegen und hatte seinen Körper in eine Haltung geformt, die ihn jetzt seine Rückenmuskeln unangenehm spüren ließ. Karmann streckte sich ausgiebig, stand auf und streckte sich erneut. Ein Waschbecken konnte er nirgends entdecken, dafür erblickte er unter dem ausgeblichenen Fenstervorhang eine Tür neben dem Fenster. Sie klemmte, als er sie zu öffnen versuchte, doch mit einem Ruck schwang sie plötzlich auf.

Karmann fand sich auf einem Balkon wieder, der die ganze Front entlanglief und auf der linken Seite um die Hausecke verschwand. Ein paar Schritte weiter stand ein leerer Wäscheständer, eine zusammengeklappte Campingliege lehnte an der Wand. Unter ihm eine Terrasse, die ohne sichtbare Begrenzung in den Wald überging. Ein paar Stühle, ein Tisch, Sonnenschirm, ein Grill. Niemand war zu sehen.

Karmann ging zurück ins Zimmer, öffnete die Tür zum Treppenhaus und stieg die Stufen hinunter. Aus einer der offen stehenden Türen wehte ein verführerischer Duft nach Zwiebeln und Wacholder.

Am Tisch, der in der Mitte der Küche stand, saß eine Frau und hantierte zwischen Töpfen, Tellern und ausgebreitetem Zeitungspapier. Als sie Karmann sah, stand sie auf und winkte ihn herein.

»Wir haben dich schlafen lassen.« Ein Lächeln huschte über ihr Gesicht. »Dafür gibt es kein Frühstück. Ein bisschen Kaffee ist noch da. Müsste noch warm sein.«

Ihre Stimme verriet Karmann sofort, wer vor ihm saß. Es war eine der beiden Frauen von gestern Nacht.

»Ähm, nein, danke.«

»Soll ich Teewasser aufsetzen?«

»Ja, Tee ist in Ordnung.«

Karmann betrachtete die Frau, während sie einen Topf aus dem Schrank nahm, Wasser einfüllte und auf den Herd stellte. Er erinnerte sich, dass sie gut gekleidet und frisiert gewesen war.

»Mittagessen dauert noch eine Weile. Dank dir gibt es heute Wild. Du kannst helfen, Gemüse zu schnippeln.«

Sie stellte einen glänzenden Topf in die Mitte des Tisches, dann schob sie ihm ein überdimensionales Holzbrett zusammen mit einem abgewetzten Messer hin. »Gewaschen habe ich es schon. Fang mit dem Sellerie an. Die Stücke grob.«

66

Karmann packte das Messer und begann umständlich, an einem der gelben Stängel herumzuschneiden. Er hatte kein Geschick für so etwas. Letztlich war es auch nie nötig gewesen. Er hatte sich daran gewöhnt, die meiste Zeit seines Lebens von anderen versorgt zu werden.

Durch das offene Küchenfenster drang das Gezwitscher der Waldvögel. Nach dem zweiten Stängel schob Karmann die Gemüsestücke mit der Hand zusammen, gab sie in den Topf und griff nach dem nächsten.

»Ich muss mich bei Ihnen bedanken, für gestern, meine ich.«

Die Frau lächelte, sagte aber nichts.

»Wo bin ich hier? Wo ist mein Auto?«

Wieder ein Lächeln. Die Frau hatte inzwischen eine Handvoll Möhren klein geschnitten und machte sich jetzt an eine Schale mit grünen Bohnen. »Drei Stangen Sellerie reichen. Mach mit den Zwiebeln weiter. Oder magst du lieber Kartoffeln schälen?«

Karmann kam sich vor wie ein kleines Kind, das nicht lesen konnte. Die Situation war unwirklich. Der Traum hatte ihn an einen Ort geschickt, von dem er nicht wusste, wo er war, er war mit einer Frau zusammen, die er nicht kannte, und er tat etwas, von dem er keine Ahnung hatte. Er musste handeln.

»Ich muss mich bei Ihnen bedanken«, begann er vorsichtig. Die Erinnerung an den gestrigen Abend und die Begegnung mit den beiden wurde wieder lebendig. Hatten sie ihn verspottet oder ihm geholfen?

»Wofür?« Die Frau machte es ihm nicht einfach.

»Ich denke, ich habe es Ihnen zu verdanken, dass ich

67

die Nacht nicht im Wald verbringen musste. Auch wenn ich immer noch nicht weiß, wie ich hierhergekommen bin.«

Keine Antwort. Der Zwiebelgeruch stieg Karmann in die Augen. »Sagen Sie mir bitte wenigstens, wo ich bin!«

»Du bist auf dem Mathieshof. Der Revierförster hat dich gestern geholt, mitsamt dem toten Reh. Du warst völlig k.o., wir haben dich gleich ins Bett gelegt. Die Zwiebeln etwas kleiner, wenn's geht.«

Karmann schnitt sich vor Überraschung beinahe in den Finger.

»Der Mathieshof? Dann wohnt hier der Thomabauer?«

»Mein Vater. Majas Großvater.«

»Und mit wem habe ich das Vergnügen, kochen zu dürfen?« Karmann konnte sich nicht entschließen, in das in der Gegend übliche »Du« einzusteigen. Stattdessen versuchte er es mit übertriebener Höflichkeit.

»Magda. Magda Thoma. Maja ist meine Tochter.«

Karmann erinnerte sich, dass die beiden Frauen sich im Dunkeln sehr ähnlich gesehen hatten. Beide hatten lange Haare, beide die helle, fröhliche Stimme.

Spöttisch. Vielleicht hatten sie getrunken.

»Wunderbar.« Karmann schlug das Herz höher. »Den Mathieshof meine ich. Ist denn Ihr Vater zu Hause?«

Magda schüttelte den Kopf. »Er ist im Wald. So wie fast jeden Tag. Maja meinte neulich, er vermoost allmählich. ›Wenn ich zu Hause sitze, sterbe ich‹, hat er gesagt.«

»Und Ihre Mutter?«

Magda warf zwei Hände voll klein geschnittener Pilze

68

in den Topf, rührte ein wenig und drehte dann die Hitze herunter.

»Was willst du hier, Friedrich Karmann?«

Karmann war überrascht von der abrupten Ansprache. Natürlich hatten sie seinen Ausweis geprüft und wussten daher, wie er hieß. Er beschloss, aufs Ganze zu gehen. Er wischte seine Hände ab und straffte sich. »Entschuldigen Sie, ich habe mich noch nicht vorgestellt. Wie unhöflich von mir. Friedrich Karmann aus Freiburg. Sammler antiker Uhren.«

Die Frau sah ihn prüfend an. »Sind Sie vom Museum? Dann können Sie gleich wieder gehen!«

»Nein, nein. Ich komme aus eigenem Interesse. Ich habe von Ihrer Uhr gehört und interessiere mich dafür. Dürfte ich sie einmal sehen?«

Die Frau stieß ein kurzes, überraschtes Lachen aus. »Sie haben Nerven. Unser Vater wird Ihnen schon sagen, was er davon hält.«

Karmann ließ sich nicht beirren. Er musste jetzt am Ball bleiben. »Kann ich mit Ihrem Vater sprechen?«

»Er ist nicht da. Sagte ich bereits. Außerdem«, sie hob den Deckel vom Topf und rührte ein paar Mal um. Würziger Duft stieg auf. Karmann hatte Hunger. »Außerdem gibt er sie nicht her.«

»Ich biete einen guten Preis!«

Magda Thoma schüttelte den Kopf. »Da sind Sie nicht der Erste. Aber Geld ist ihm nicht wichtig. Er will nicht.«

Karmanns Ehrgeiz ließ ihn nicht ruhen. »Könnte ich trotzdem mit ihm sprechen?«

»Sie können es versuchen. Aber erwarten Sie nicht zu

69

viel. Aufräumen nicht vergessen. Messer und Brettchen in die Spüle, den Tisch abwischen.«

Karmann wagte nicht zu widersprechen. Er nahm den Lappen, den ihm die Frau in die Hand drückte, und fuhr ein paar Mal über den Küchentisch.

»Er kommt erst heute Abend. Wenn überhaupt.«

Karmann sah auf die Uhr. Es war kurz nach 10 Uhr. Plötzlich fiel ihm ein, dass er heute einen Termin hatte. Der Notar erwartete ihn um 14 Uhr! Er konnte anrufen und sich entschuldigen, aber das wollte er nicht. Was erledigt war, war vorbei. Aber die Zeit drängte.

»Wo ist eigentlich mein Auto?«

»Der Jaguar, den Sie gestern in den Straßengraben gesetzt haben? Steht draußen im Hof. Sie können beruhigt sein.«

»Was bin ich Ihnen für die Reparatur schuldig?«

»Der Sohn des Försters hat ihn in der Nacht noch hergefahren. Die Gelegenheit, ein solches Angeberauto zu fahren, wollte er sich nicht entgehen lassen. Übrigens ist alles in Ordnung mit dem Wagen.«

Karmann ärgerte sich ein wenig. An sein Auto ließ er normalerweise niemanden, schon gar nicht ans Steuer. Dennoch war er erleichtert.

»Schön, sagen Sie ihm vielen Dank. Ich muss jetzt leider aufbrechen. Termine, Sie verstehen?«

»Ich verstehe.« Die Frau hatte wieder ihr schelmisches Lächeln im Gesicht. »Kommen Sie doch mal wieder. Eine Küchenhilfe kann ich immer gebrauchen.«

Karmann war sich nicht sicher, ob sie es ernst meinte. »Ich lasse von mir hören«, sagte er und reichte ihr die

70

Hand. »Und noch mal vielen Dank für alles.« Er wandte sich zur Tür. »Ach ja, und Grüße an Ihren Vater. Und an Ihre Tochter.«

Kapitel 7:
Beim Notar

Die Kanzlei in Herdern war eines jener stattlichen alten Gebäude, wie sie dem Freiburger Stadtteil seinen Charakter verliehen. Karmann bewunderte die alten Bäume, den riesigen, gepflegten Garten um das Haus mit seinen Blumenrabatten und den von Säulen gestützten Eingang.

Klassisch, klassizistisch, viktorianisch – er kannte den Unterschied nicht, und es interessierte ihn auch nicht. Für Karmann hatte das Schöne keinen Namen. Es waren Formen, Gerüche, Töne, Aromen, die die Geschichte zum Leben erweckten, die ihn in eine Welt führten, die gewesen war. So wie jedes Mal, wenn er sein Uhrenzimmer betrat.

Ein paar Mal hatte er mit dem Gedanken gespielt, ein solches Haus zu erwerben und hierher zu ziehen. Doch er ahnte, dass er nicht glücklich werden würde. Er würde in ständigem Streit mit dem Denkmalschutzamt stehen, das ihm kaum größere Umbauten gestatten würde. Letztlich gab es Annehmlichkeiten seiner jetzigen Wohnung, auf die er nicht verzichten wollte, sei es das modern ausgestattete Badezimmer des japanischen Hygienedesigners

Muraki Ito, sei es die volldigitalisierte Medienlandschaft, die ihm auf Knopfdruck jegliche denkbare musikalische und visuelle Unterstützung bot.

Zudem würde er mehr Personal brauchen, was er nicht wollte. Benedikta genügte seinen Ansprüchen voll und ganz. Letztlich bewegte sich der Kaufpreis selbst für Karmann in stattlichen Dimensionen.

Der Name des Notars stand auf einer einfachen glänzenden Messingplatte direkt neben dem Eingang. Keine Kontaktdaten, keine Uhrzeiten. Karmann drückte die Klingel, ein leises Summen ertönte. Keine Stimme, die ihn begrüßte. Er wurde offensichtlich erwartet.

Von der großzügigen, mit modernen gegenstandslosen Pastellgemälden geschmückten Eingangshalle führte eine weit geschwungene Wendeltreppe nach oben. In dem lichtdurchfluteten Gang stand eine der Türen offen. Karmann hörte Stimmen. Er klopfte an den Türrahmen.

»Ah, da sind Sie ja. Kommen Sie herein, nehmen Sie Platz.«

Vor einer dunkelbraunen Regalwand stand ein wuchtiger Schreibtisch mit einer durchgehenden dunkelbraunen Platte, auf der an der Seite ein riesiger Flachbildschirm aufgebaut war, dazu die Tastatur und eine Ledermappe. Das Regal war dicht bestückt mit nach Farben sortierten Ordnern und einigen Nachschlagewerken, deren Rücken in goldenen Lettern glänzten. Zu beiden Seiten des Regals fiel durch zwei riesige Fenster das Nachmittagslicht in den Raum. An den Seitenwänden hingen in aufwendigen Goldrahmen klassische Ölbilder mit Motiven aus der griechischen Mythologie – Leda mit dem Schwan, das Schlangenhaupt der Medusa, Laokoon und seine Söhne. Karmann fiel auf, dass es keine Pflanzen gab. Kein Grün.

Vor der rechten Wand war eine Sitzecke eingerichtet, die sich durch ihr modernes Design deutlich von der antiquierten Einrichtung abhob. Um einen niedrigen Glastisch im Art déco-Stil standen drei Sessel, dunkles braunes Leder mit rehfarbenen Lehnen. Der Mann und die Frau sahen Karmann erwartungsvoll an.

»Guten Tag, Herr Karmann, schön, dass Sie bei uns sind.« Der Mann erhob sich und streckte Karmann die Hand entgegen. »Leitmeier, angenehm.« Sein gepflegtes Äußeres, die Seidenkrawatte, ein zart gemustertes Hemd, das grau melierte Haar, die buschigen Augenbrauen – Leitmeiers Äußeres entsprach genau der Vorstellung, die Karmann von einem seriösen Anwalt hatte.

»Sicher haben Sie meinen Sohn erwartet. Er lässt sich entschuldigen. Für mich ist es eine Ehre, Ihr Vater und ich waren Geschäftspartner über viele Jahre. Aber setzen Sie sich doch.« Mit einladender Geste deutete er auf den freien Platz.

Karmann erwiderte die Begrüßung. Im nächsten Moment erstarrte sein freundliches Lächeln, als sein Blick auf die Frau fiel, die die ganze Zeit geschwiegen hatte. Sie nickte Karmann ohne besondere Regung zu, blieb aber sitzen.

Die Frau vom Friedhof.

Er erkannte sie sofort wieder, obwohl sie heute anders gekleidet war als am Tag zuvor. Sie trug ein schwarzes, samtig schimmerndes Kostüm, ihre schlanken Beine steck-

74

ten in einem Paar dunkler Lederstiefel, die ihr bis zu den Waden reichten. Ihr nussbraunes Haar hatte sie zu einem Pferdeschwanz zusammengebunden, das Gesicht war dezent geschminkt.

Karmann hatte Mühe, seine Verwirrung zu verbergen. Die Frau, die am Grab seines Vaters stand. Eine Frau, die er nicht kannte. Warum war sie hier? Eine Mitarbeiterin von Leitmeier? Und warum war sonst niemand zu sehen, obwohl der Termin längst überschritten war? Immerhin ging es um den Nachlass eines der wohlhabendsten Männer Südbadens.

Leitmeier übernahm höflich die Vorstellung. »Sie kennen sich nicht? Dann hat der Alte doch konsequent gehandelt. Bis zum Ende.« Karmann verstand nicht, was er damit sagen wollte. Vielleicht barg der Termin doch noch eine Überraschung, von der er nichts geahnt hatte.

Leitmeier ging zum Schreibtisch und holte die Ledermappe. »Ich denke, wir können das Ganze etwas informeller behandeln als üblich.« Er setzte sich wieder. »Den Vorschriften muss ich trotzdem genügen.« Er nahm ein Schriftstück aus der Mappe, setzte seine Lesebrille auf. »Ich beginne mit dem Verlesen der Personalien, die Sie bitte bestätigen.« Er räusperte sich und begann. »Zur Verlesung des Letzten Willens des verstorbenen Friedrich Karmann haben sich eingefunden Herr Friedrich Wilhelm Karmann, Sohn des Friedrich Karmann und dessen verstorbener Gattin Erika, geborene Bergmann.«

Karmann schmunzelte. Leitmeier war ganz der höfliche Charmeur alter Schule. Er nickte, um sein Einverständnis zu signalisieren.

»Ebenso Frau Margarethe Böttcher, Tochter des verstorbenen Friedrich Karmann.«

Karmann zuckte zusammen. Wie bitte?

»Das bin ich«, hörte er die Frau antworten.

Karmann suchte nach Worten. Tochter? Was sollte das heißen? Wollte man ihn auf den Arm nehmen? Von einer Tochter seines Vaters hatte er nie gehört.

Leitmeier hatte Karmann und dessen Reaktion aufmerksam beobachtet.

»Frau Böttcher, ich denke, Sie sind einverstanden, wenn ich angesichts der besonderen Situation Herrn Karmann aufkläre.« Er legte das Papier vor sich auf den Tisch und wandte sich Karmann zu. »Ja, es stimmt, und es tut mir leid, dass Sie es auf diese Weise erfahren. Frau Böttcher ist die Tochter Ihres Herrn Vaters, kurz nach Ihnen geboren.« Wieder räusperte er sich. »Mit einer anderen Frau.«

Karmann war nun vollends verwirrt. »Eine andere Frau? Aber mein Vater hatte keine andere Frau, auch nicht vor meiner Mutter.«

»Sie lernten sich auf einer seiner Geschäftsreisen kennen. Der Stress mit dem Neugeborenen zu Hause, die Nervosität der Mutter, die Sorgen um das Geschäft – eines gab das andere, und es kam wie es kam …«

Karmann wurde schwindelig. Leitmeiers Worte verschwammen, ehe sie den Weg in sein Bewusstsein gefunden hatten. Sein Vater, eine fremde Frau, eine Schwester …

Seine Schwester.

Ein gemeiner, rücksichtsloser Troll zerschnitt erbarmungslos das Bild, das Karmann sich von seiner Familie gemacht hatte, das ihm als letztes Überbleibsel der Bande

76

mit der Vergangenheit geblieben war. Das war das Erbe, das sein Vater ihm hinterließ. Kein Geld, keine neuen Firmenanteile, keine Immobilien.

Eine Schwester.

Karmann hob den Kopf und starrte Margarethe Böttcher von der Seite her an. Sein Vater saß neben ihm im Designersessel in der Maske einer Frau, die er zur Hälfte selbst war.

Margarethe Böttcher blieb erstaunlich ruhig. Hatte sie es gewusst, dass sie einen Bruder hatte? Von wem? Wann hatte sie es erfahren?

Sie schien seine Gedanken zu erraten. »Herr Leitmeier hat mich kontaktiert am Tage nach Vaters Tod. Ich war nicht weniger überrascht als du … als Sie.«

Karmann war immer noch sprachlos. Es war, als habe man ihn auf Knopfdruck in einen anderen Film versetzt. Es drängte ihn danach, etwas zu sagen, gleichzeitig wünschte er sich weit weg.

»Gestatten Sie, dass ich fortfahre.« Dr. Leitmeier griff das Gespräch wieder auf. Er begann mit einer Aufzählung der Erbschaft. Karmann war froh über die Ablenkung. Aktien, Liegenschaften, Beteiligungen, Auslandsgeschäfte und nicht zuletzt das Firmenvermögen – Karmann konnte schon nach wenigen Worten den Inhalten nicht mehr folgen. Er wollte es auch nicht. Im Stillen wunderte er sich, was sein Vater über die Jahre hinweg angehäuft hatte. Es war nicht seine Welt, nicht seine Verantwortung. Nicht mehr.

Stattdessen wandte er den Blick unauffällig zur Seite und nutzte die Gelegenheit, die Frau zu beobachten. Mar-

77

garethe Böttcher folgte aufmerksam den Worten Leit-meiers. In sanftes, harmonisches Profil blieb die ganze Zeit über unbewegt, lediglich ein kaum wahrnehmbares Vibrieren ihrer Nasenflügel verriet ihre innere Beteili-gung.

Trotz seiner Erregung musste Karmann lächeln. Er kannte dieses Vibrieren. Als Kind hatte er oft seinen Vater beim gemeinsamen Essen beobachtet. Damals hatte er der winzigen Bewegung kaum Aufmerksamkeit geschenkt. Sie gehörte zum Vater wie dessen angestrengtes Atmen, das Friedrich immer an ein hoch über ihm schwebendes Flugzeug erinnerte. Dass das Vibrieren ein Zeichen von Aufregung war, daran dachte er damals nicht. Vater hatte sich in seiner Gegenwart immer beherrscht gezeigt, ein ruhiger Titan, an dem sich die Winterstürme ebenso bra-chen wie die Vorwürfe seiner Mutter.

Wieder ging Karmanns Blick zu Margarethe. Ob sie ebenso beherrscht war wie sein Vater? Ebenso kühl und unbeteiligt?

»Ihnen, Herr Karmann, hat Ihr Vater etwas Besonde-res hinterlassen. Dass Sie damals auf sämtliche Ansprü-che verzichtet hatten, hatte ihn sehr getroffen. Er hat Ihre Entscheidung, sich völlig aus der Firma zurückzuziehen, nicht gebilligt, aber stets respektiert. Dennoch hatte er in seinem Testament auch Sie bedacht.«

Karmann wurde nun doch aufmerksam. Was erwartete ihn? Ein Pflichtteil womöglich, der juristisch nicht zu ver-meiden war? Ein kleines Vermögen, das er nicht wollte und auch nicht brauchen würde?

»Meinem Sohn Friedrich hinterlasse ich die Englische

78

Uhr. Möge ihm ihr Schlag die Erinnerungen wachrufen und ihm die Träume erklingen lassen.«

Mit diesen Worten zog er ein blaues Tuch auf dem Tisch zur Seite, das Karmann bisher nicht beachtet hatte. Zum Vorschein kam eine nussbraune Kaminuhr, kaum breiter als eine Elle, über dem Ziffernblatt halbrund nach oben gewölbt. Die verschnörkelten Zeiger wiesen auf große römische Ziffern, genau in der Mitte das Loch, durch das die Uhr mechanisch aufgezogen wurde.

Es war, als habe eine alte Macht einen Schleier von einem Bild gehoben. Karmann traute seinen Augen nicht. Er hatte es all die Jahre bewahrt. Nie vergessen.

Besuch beim Großvater. Eine schmucklose Mansarde im dritten Stock eines schmucklosen Reihenhauses. Wenn sie über Nacht blieben, schlief Friedrich auf dem Sofa. Der graue Geruch von altem Stoff, das Knistern der Holzdielen, die Klopfgeräusche aus der Nachbarwohnung. Das Ticken der Uhr. Dieser Uhr. Dieses Uhrwerk mit den Schlägen, die keiner abstellte, auch nicht in der Nacht. Aus dem Nichts Metall zitternder Klang. Aufschrecken, jedes Mal, es war dunkel, Mutter hatte die Vorhänge vorgezogen.

Di da di damm, di da di damm.

Di da di damm, di da di damm.

Zweimal. Immer zweimal. Dann folgten einzelne Schläge – neun, zehn am Anfang der Nacht, wenn er noch nicht schlafen konnte. Einmal hatte er sich gezwungen, wach zu bleiben, er wollte wissen, ob die Uhr weiterschlug, weiter und immer einen Schlag mehr. Nachdem er elf gezählt hatte, konnte er nicht mehr. Zurück blieb das ungelöste Rätsel seiner Kindheit.

»Sind Sie mit den Bedingungen einverstanden und nehmen Sie das Erbe an, Frau Böttcher?«

»Ich nehme das Erbe an.«

»Nehmen Sie das Erbe an, Herr Karmann?«

Karmann hob den Kopf, als er seinen Namen hörte.

»Herr Karmann?«

Karmann nickte. »Ja. Natürlich. Danke.«

Leitmeier legte das Papier zurück in die Ledermappe und schloss sie. »Damit ist die Testamentsverlesung beendet. Frau Böttcher, Herr Karmann, ich gratuliere Ihnen. Um die Details werden sich die Kollegen der Kanzlei kümmern.« Er stand auf und reichte beiden die Hand. »Frau Böttcher, bitte bleiben Sie noch einen Moment. Herr Karmann, ich denke, es spricht nichts dagegen, wenn Sie die Uhr gleich mitnehmen. Vorausgesetzt, es bereitet Ihnen keine Umstände.«

Karmann nickte nur. Er nahm den Karton entgegen, in den Leitmeier die Uhr zurückgelegt hatte und in dem sie offenbar die ganzen Jahre aufbewahrt gewesen war.

Wenige Augenblicke später fand er sich am Rande der Straße auf dem Gehweg unter den mächtigen alten Bäumen wieder. In ihm stiegen die Bilder auf und ab. Er spürte seinen Herzschlag bis zum Hals.

Kapitel 8:
Unterwegs und eine
Überraschung

Die Straße wand sich durch die schier endlose Kulisse der Weinstöcke hügelauf, hügelab. An manchen Stellen war das Asphaltband nicht breiter als ein gut ausgebauter Wirtschaftsweg. Karmann hoffte, dass ihm nicht gerade jetzt eines der seltsamen Gefährte der Weinbauern entgegenkam, die sie achtlos durch ihren Berg steuerten.

Bereits zum zweiten Mal kam Karmann an einem der wenigen Parkplätze vorbei, von dem man eine freie Sicht über den Kaiserstuhl hatte. Dieses Mal entschied er sich anzuhalten.

Nach dem Drama der Testamentseröffnung hatte es eine Weile gedauert, ehe er wieder einigermaßen klar sehen konnte. Fast eine Stunde war er durch die sich unter riesigen Bäumen verborgenen Straßen mit ihren verschnörkelten Straßenschildern umhergestreunt wie eine unschlüssige Katze. Schockiert und benommen gleichermaßen hatte er die kleinen Läden und Cafés des malerischen Freiburger Stadtteils an sich vorbeiziehen lassen, um am Ende auf einer Bank inmitten der morbiden Skulpturen des Alten Friedhofs erschöpft niederzusinken.

Es hatte alles nichts genützt. Er hatte eine Schwester. Eine erwachsene Frau in seinem Alter, vom selben Blut.

Auch nach einer Stunde war Karmann noch so aufgewühlt, dass er das tat, was ihm bisher immer geholfen hatte, seine Emotionen in den Griff zu bekommen. Er hatte sich in den Jaguar gesetzt und war losgefahren, ziellos, ohne besondere Absicht. Die wenigen Straßen des Kaiserstuhls kannte sein Wagen in- und auswendig, er musste ihn nur in Bewegung halten wie ein tänzelndes Pferd, das nicht zu lange im Stall stehen durfte.

Karmann steuerte den Jaguar an die Schmalseite der Einbuchtung, direkt an die Leitplanke. Er stieg aus und zündete sich eine Zigarette an.

Auch das half manchmal, nicht immer. Karmann hatte das Rauchen in den letzten Jahren immer mehr zurückgedrängt. Es konnte geschehen, dass das silberne Etui mit dem exklusiven *Davidoff*-Spezialblatt aus England tagelang ungeöffnet blieb. Dennoch hatte er den Genuss nie ganz aufgegeben. Das silberne *Zippo* mit seinen Initialen ließ eine kleine Flamme aufschlagen, die er gleichzeitig mit beiden Händen gegen den Wind schützte. Langsam sog er den Rauch ein und spürte, wie sich das Nikotin in seinem Inneren ausbreitete.

Direkt hinter der Leitplanke war eine hölzerne Sitzbank aufgebaut, doch Karmann verzichtete darauf, sich niederzulassen. Mit langsamen Schritten ging er den wenige Meter großen Parkplatz auf und ab. Vor seinen Augen breitete sich das Panorama des Inneren Kaiserstuhls aus.

82

Der Parkplatz lag auf einer Anhöhe, umgeben von unzähligen Weinbergen, die weit geschwungene Muster in die Landschaft schrieben, ein Meer aus sanftem Auf und Ab wiederkehrender Wellen, gehalten von Stützmauern aus Stein und Buschwerk und durchschnitten von schmalen Wirtschaftswegen. Aus der Ferne klangen leise Motorengeräusche, ab und an unterbrochen vom lauten Knall der Selbstschussanlagen, die vergeblich versuchten, die traubenlüsternen Stare so zu erschrecken, dass sie auf ihre süße Beute verzichteten.

Im Tal duckte sich, gekrönt von einem Kirchturm, einer der kleinen Weinorte, die sich seit vielen Generationen am Leben erhalten hatten, und deren Bewohner die Weinstöcke, das Geschenk der römischen Legionäre, bis heute veredelten.

Der Blick nach Süden wurde Karmann durch einen mächtigen Berghang verborgen, an dessen Gipfel ein moderner Fernsehturm seine Funkstrahlen weit ins Land sandte. Es war eine begnadet schöne Landschaft, die Karmann sehr liebte.

Ein lautstarkes Blubbern unterbrach seine Gedanken. Innerhalb weniger Augenblicke füllte sich der Parkplatz mit schweren chromblitzenden Motorrädern, deren Fahrer der Reihe nach abstiegen und sich um ihren Anführer scharten. Französische Satzfetzen flogen hin und her, begleitet von lautem Lachen. Die 68er Nummernschilder und der Aufdruck auf ihren dunklen Lederkutten verrieten, dass ein Bikerklub aus dem nahen Elsass das prächtige Wetter zu einem Ausflug über die Grenze genutzt hatte.

Das harmonische Bild der Weinberge verschwamm vor Karmanns Augen. Die meditative Ruhe war dahin. Während sich die Biker lautstark ausbreiteten, zog Karmann sich zurück. Da sein Wagen hoffnungslos zugestellt war, ging er ein Stück die Straße aufwärts bis zur Einmündung eines Wirtschaftsweges. Ein paar Schritte weiter setzte er sich am Rande eines Weinberges auf die Einfassungsmauer. Die Steine waren von der Spätsommersonne noch warm, eine Eidechse huschte erschrocken in eine Steinspalte.

Karmanns Gedanken gingen zurück zu dem Geschehen in der Kanzlei. Er zündete sich eine weitere Zigarette an und blies versonnen den Rauch in die klare Luft.

Er wusste nicht, worüber er mehr überrascht war. Immer noch konnte er es kaum glauben. Eine Frau war plötzlich aufgetaucht und in sein Leben getreten, von der er nichts geahnt hatte, die sich Margarethe nannte und sich als seine Halbschwester bezeichnete. Was bedeutete das für ihn, für sein Leben? Das Erbe war ihm gleichgültig, er spürte keinerlei Anzeichen von Neid oder Missgunst. Seit er sich von der Familie getrennt hatte, war es uninteressant geworden, was sein Vater mit dem materiellen Besitz machte. Es hätte ihn nicht gekümmert, wenn sein Vater das Ganze an einen ausländischen Investor verkauft hätte, gleichgültig, ob er aus Kalifornien, Sankt Petersburg oder Shanghai kam. Die Umwandlung in ein gemeinnütziges Unternehmen – warum nicht? Auch das hätte zu ihm gepasst. Friedrich-Karmann-Stiftung für Bedürftige, das machte sich gut und hätte das Image des Alten nach seinem Tode noch einmal prächtig aufpoliert.

84

Je länger er darüber nachdachte, desto mehr schwindelte ihn. Nichts von alldem war geschehen. Der mächtige Karmannkonzern gehörte ab sofort einer Frau namens Margarethe Böttcher.

Die andere Seite des kühlen, berechnenden Geschäftsmanns. Vielleicht hatte er es nicht ausgehalten, im Leben seiner Frau nicht mehr die Nummer Eins zu sein, die Aufmerksamkeit mit einem Kind teilen zu müssen, einem unscheinbaren Geschöpf, das sich in die gut organisierten Abläufe der *Karmann AG* hineingedrängt hatte. Ungefragt. Karmann war überzeugt, dass sein Vater nicht nur Zerstreuung gesucht hatte, als er sich mit der Unbekannten einließ. Es schien, als habe er die Bestätigung gebraucht, auch als Vater noch attraktiv und kraftvoll zu sein, ein ganzer Mann.

Und es gab noch eine Seite, die Karmann bei seinem Vater bisher nicht gekannt hatte. Den Seitensprung und dessen Folgen musste er verheimlichen, seiner Ehe und dem Ansehen seiner Firma wegen. Doch die Verantwortung trug er, ungesehen, unbekannt, ein jahrelanges Geheimnis, das er nicht einmal lüftete, als alles andere um ihn herum in die Brüche gegangen war.

Karmann wollte die ausgerauchte Zigarette nicht achtlos wegwerfen. Ehe er langsam zurück zum Parkplatz ging, drückte er sie auf einem Stein aus und wickelte die Kippe in sein Papiertaschentuch.

Die Bikertruppe war inzwischen verschwunden. Ihren Platz hatte eine in Leder gekleidete junge Frau eingenommen. Sie stand, auf ihre aufgebockte Vespa gelehnt, am Rande des Abhangs und schaute wie Karmann zuvor versonnen in die Ferne. Für einen Moment hatte Karmann die Idee, dass er sie ansprechen sollte.

Doch er ließ es sein. Für heute war in seinen Gedanken kein Platz mehr für ein weiteres unbekanntes Schicksal.

Er stieg in den Jaguar, legte den Gurt an und fuhr los.

Es war bereits Abend, als Karmann den Wagen zurück in die Garage lenkte. Die Tage im September wurden bereits merklich kürzer, der Himmel machte sich bereit, für dieses Jahr ein erstes abendliches Farbspektakel zu veranstalten, das er von seiner Dachterrasse aus gerne verfolgte, wenn sich die Gelegenheit ergab.

Als Karmann die Wohnung betrat, fiel ihm sofort der blinkende Anrufbeantworter auf. Zwei neue Nachrichten. Karmann war gespannt. Es war eher selten, dass er Anrufe bekam. Seine Kommunikation beschränkte sich seit geraumer Zeit auf E-Mails und Kurznachrichten. Persönliche Gespräche am Telefon gab es lange keine mehr.

Karmann drückte den Knopf.

Steinmeiers leiernde Stimme kam sofort zur Sache. »Wie sieht es aus? Hast du schon etwas erreicht? Kann ich dir etwas helfen? Du weißt, du kannst immer mit mir rechnen. Halte mich auf dem Laufenden!«

Karmann musste grinsen. Es war klar, dass Steinmeier sich anhängen wurde. Wenn es die Uhr tatsächlich gab, würde er sicherlich davon profitieren, selbst wenn es nur für sein Renommee war. Karmann konnte sich lebhaft vorstellen, welche Rolle Steinmeier in einer künftigen Werbekampagne spielen wollte und würde. Selbst wenn er zur Wiederbeschaffung nichts oder wenig beigetragen hatte.

Der zweite Anruf ließ Karmann sofort wach werden.

86

»Hallo, Friedrich. Margarethe hier. Leitmeier hat mir deine Privatnummer gegeben. Ich glaube, du warst über unser Treffen genauso überrascht und verwirrt wie ich. Ich möchte nicht, dass es dabei bleibt. Wollen wir uns nicht treffen und uns etwas näher kennen lernen? Man bekommt ja nicht jeden Tag ein Geschwister geschenkt. Ja, so betrachte ich es, ein Geschenk, vielleicht eine Bereicherung, wer weiß. Wenn es dir genauso geht, habe ich einen Vorschlag. Ich bin noch ein paar Tage in Freiburg. Wollen wir uns treffen? Morgen wird es nicht gehen, aber übermorgen. Um 17 Uhr im Colombipark, den kennst du sicher. Ist das okay? Du brauchst nicht zurückzurufen. Wenn du einverstanden bist, komm einfach. Bis dann.«

Die Stimme klang in seinem Inneren, als habe er sie schon tausendfach gehört. Warm. Vertraut.

Komm einfach.

War es das? War es so einfach? Sich zusammensetzen, reden, auch wenn man sich nie zuvor gesehen hatte? Das »Ja« drängte mit unwiderstehlicher Kraft nach oben wie das Echo einer lang verlorenen Zeit.

Karmann hörte die Nachricht ein zweites und drittes Mal, er konnte nicht genug bekommen von der Stimme, die fremd und doch unerklärlich vertraut klang. Irgendwann stieg er die Treppe nach oben, trat hinaus auf die Dachterrasse und zündete ein weiteres Mal eine Zigarette an. Im Westen neigte sich die Sonne dem Gipfelkamm des Kaiserstuhls entgegen. Der Himmel öffnete seinen Farbkasten und begann zu glühen. Der Abend eines Tages, der Abend eines Lebens.

Komm einfach.

Er würde kommen.

87

Kapitel 9:
Zurück im Schwarzwald

Di da di damm, di da di damm.

Di da di damm, di da di damm.

Der Westminsterschlag.

Wieder und wieder rückte Karmann den Minutenzeiger auf die Zwölf vor. Erneut klang die Folge der vier Töne, unverkennbar und auf immer eingegraben in Karmanns Gedächtnis. Seine Überraschung war groß gewesen, als er die kleine Melodie im Hintergrund eines alten Krimis im Fernsehen hörte, es konnte Edgar Wallace gewesen sein. Seine Melodie! Seine Töne! Später hatte er erfahren, dass die Tonfolge aus England kam und uralt war. Ein unvergesslicher Moment, als er zum ersten Mal auf der Westminsterbrücke stand und den Schlag von Big Ben hörte, der Glocke, die in dem markanten Turm über dem englischen Parlamentsgebäude am Ufer der Themse alle Viertelstunden ertönte. Er hatte gelernt, dass die Melodie aus vier gleichbleibenden Tönen bestand, die sich im Laufe eines Stundendurchgangs abwechselten, dass die Grundstimmung im Original in E-Dur gehalten war, dass sie etwas mit dem Komponisten Georg Friedrich Händel zu tun hatte.

Karmann hatte sich gefreut, dass der Komponist wie er Friedrich hieß. Doch im Grunde waren es immer »seine« Töne gewesen. Die Uhr hatte dem Kind die Melodie seines Lebens eingeschrieben.

Karmann schob den kleinen Metallriegel zur Seite, der ein Türchen auf der Rückseite öffnete, das den Blick auf das Schlagwerk freigab. Karmann hatte die Uhr immer wieder betrachtet, untersucht, ihre Funktion nachgeprüft, ihren Klang nachgesummt. Alles war noch da, wie er es in Erinnerung hatte – das Uhrwerk, das mit einem zweiflügeligen Schlüssel in der Mitte des Ziffernblatts aufgezogen wurde, die zierlichen Hämmer und das Metallgestänge, die gemeinsam die Töne erzeugten. Als er älter wurde, hatte Karmann die Uhr aus den Augen und aus der Erinnerung verloren wie das Spielzeug eines Kindes. Er wusste nicht, dass sein Vater die Uhr all die Jahre aufbewahrt hatte.

Für ihn.

Karmann sah auf den Chronometer an seinem Handgelenk. Weniger eine Uhr als ein Minicomputer. Mit ihm konnte er seinen Puls messen, den Blutdruck bestimmen, sein EKG aufzeichnen, Mails empfangen, Musik hören, Schritte zählen und ablesen, ob er sich genügend bewegte.

Und die Zeit ablesen.

Karmann lächelte. Es lagen Welten zwischen der in Ehren ergrauten Wohnzimmeruhr vor ihm und der blitzenden Smartwatch an seinem Handgelenk. Ein ganzes Menschenalter. Die Menschen hatten gelernt, alles Mögliche zu beobachten und zu messen. Und immer war das Bedürfnis geblieben zu wissen, wie spät es ist.

9.30 Uhr. Ein ganzer Tag lag zwischen jetzt und dem Treffen mit Margarethe Böttcher. Warum sie wohl nicht Karmann hieß? Hatte der Alte seine Vaterschaft doch nicht gesetzlich festgemacht? Oder hatte sie geheiratet? Für einen Moment schlich sich ein seltsames Gefühl ein. Der Gedanke, dass es noch jemand anderen gab. Natürlich, es musste noch jemanden geben. Eine zugegeben attraktive Frau war nicht alleine auf der Welt, sie hatte Freunde, Geschäftskollegen, vielleicht einen Ehemann, Kinder. Einen Liebhaber.

Um 10 Uhr konnte Karmann seinen Drang nach Aktivität nicht mehr zurückhalten. Steinmeiers Anruf hatte ihm in Erinnerung gerufen, dass es noch mehr gab als die Begegnung mit einer neuen Schwester. Eine weitere Entdeckung wartete auf ihn.

»Kommen Sie doch mal wieder. Eine Küchenhilfe kann ich immer gebrauchen.« Die Abschiedsworte der Frau vom Mathieshof klangen auch nach Tagen noch in ihm nach. Er konnte heute ein zweites Mal in den Schwarzwald fahren. Wenn er Glück hatte, würde er dieses Mal den Thomabauern antreffen. Und es gab die Erinnerung an die Nacht mit der Unbekannten, von der er nicht einmal wusste, wer sie war.

Dieses Mal führte ihn das Navi wie an einer Schnur über die geschwungenen Straßen in die Höhen des Schwarzwalds. Nachdem er St. Peter und St. Märgen hinter sich gelassen und die B500 erreicht hatte, dauerte es nicht lange, bis er das Waldstück wiedererkannte, in dem er vor Tagen liegen geblieben war. Die Augen des toten Rehs, die geheimnisvollen Frauen, die Nacht im Mathieshof – die

90

Erinnerungen kamen zu ihm zurück, als er an der Stelle vorbeifuhr. Wie normal alles aussah! Erschreckend normal. Ein paar abgeknickte Zweige am Fahrbahnrand, überall und nirgends.

Immer noch wusste er nicht, welche der beiden Frauen ihn in der Nacht besucht hatte. Am Tag danach hatte ihm die Mutter keinerlei Signal der Vertrautheit geschenkt, die Tochter hatte er nicht einmal zu Gesicht bekommen.

Der Gedanke erregte ihn. Es konnte jede der beiden gewesen sein. Hatten sich die beiden verabredet? Oder wussten sie nichts voneinander? Oder ein noch kühnerer Gedanke: Gab es vielleicht sogar eine Dritte?

Karmann wich einem heruntergewehten Ast aus, der mitten auf der Straße lag. Letztlich konnte es ihm egal sein. Die Nacht hatte ihm Erregung und Lust geschenkt, wie er sie lange nicht erlebt hatte. Und so lange sich keine zu erkennen gab, würde es auch keine Folgen geben. Keine Verantwortung.

Das Bild seines Vaters mischte sich ein. Ob er ebenso gedacht hatte, damals, in einer Nacht ohne Fragen? Er würde es nie erfahren. Karmanns Nacht auf dem Mathieshof? Vielleicht. Er würde es auf sich zukommen lassen. Es war nicht wichtig.

Das Asphaltband war mittlerweile zu einem Streifen geschrumpft, der seinen Wagen eben so entlangleitete. Karmann hoffte, dass ihm keiner entgegenkam. Ausweichmöglichkeiten gab es nur, wenn er in einen der Stichwege einbog, die mit ihrem matschigen Boden und den wild umherliegenden Zweigen und Steinbrocken wenig vertrauenerweckend aussahen.

Er atmete erst auf, als sich unvermittelt vor ihm eine Lichtung öffnete. Der Mathieshof war größer, als er ihn in Erinnerung hatte. Die Zufahrtsstraße führte in einen ausladenden Hof, der von drei Seiten von Gebäuden umschlossen war. Das Haupthaus war von einem riesigen strohgedeckten Dach gekrönt, das ihm das Aussehen eines zusammengekauerten schlafenden Bären verlieh. Die Traufen waren wie die Krempe eines Hutes weit nach unten gezogen und beschirmten einen umlaufenden Balkon, dessen Geländer in gleichmäßigen Abständen mit Blumenkästen verziert war. Das Rot der spätblühenden Geranien hob sich wie ein optimistisches Zeichen von dem düsteren Braun des Holzhauses ab.

Zu beiden Seiten des Mittelbaus gab es weitere Gebäude, ebenfalls aus Holz, Scheune, Ställe und Abstellkammern, wie Karmann vermutete. An der Seite im Hof stand ein moderner grüner Traktor mit Anhänger, daneben plätscherte Wasser aus einem Trogbrunnen. Ein paar Hühner pickten eifrig im spärlichen Gras.

Karmann war kein Romantiker. Wenn man von seiner Leidenschaft für Uhren absah, hielt er sich mehr an die Zweckmäßigkeit der Dinge, ihre Ästhetik war für ihn kaum mehr als eine willkommene nette Zugabe. Dennoch berührte ihn der Anblick auf seltsame Weise. Es war wie ein nach Hause kommen, ein Stück Heimat auf einer Insel im Wäldermeer des Schwarzwaldes.

Als Kind hatte ihn sein Onkel oft zu langen Ausflügen begleitet. Sein Lieblingsziel war der Nonnenmattweiher am Fuße des Belchens. Dort konnte man baden, und es gab einen Kiosk, an dem er jedes Mal ein Eis spendiert

92

bekam. Das Haus vor ihm erinnerte ihn an ein Bauernhaus, an dem sie jedes Mal vorbeikamen, und wo es einen ähnlichen Brunnen gab. Er freute sich schon lange vorher auf das klare sprudelnde Wasser. Es war jedes Mal eine Wohltat, den Kopf zur Abkühlung unter den Strahl zu halten und die Füße in den hölzernen Trog baumeln zu lassen. Onkel Karl war schon lange tot, die Wanderungen waren spärlich geworden, die Erinnerung war geblieben.

Karmann stellte den Jaguar ab und stieg aus. Sofort fuhr ihm ein laut kläffender Hund zwischen die Beine. Karmann erschrak, doch er fing sich rasch. Das Tier schien zu merken, dass er keine Angst vor Hunden hatte.

»Gut, gut. Ruhig, ganz ruhig, bist ein Lieber.« Karmann streckte ihm die Hand entgegen. Der Hund bellte noch einmal kräftig und trollte sich dann zu einer sonnenbeschienenen Grasnarbe am Eingang eines der Ställe.

»Er ist schlau. Er merkt sofort, ob du gefährlich bist.« Über den Hof kam ein Mann, untersetzt, in Arbeitskleidung mit einem Schlapphut, dessen Krempe über die Augen gezogen war. Wie das Hausdach, dachte Karmann.

»Und – bin ich ein Gefährlicher?«

»Mal sehn. Ich kenn dich nicht.«

Die Stimme des Mannes klang wie das Haus. Distanziert und vorsichtig. Und dennoch neugierig. Einladend.

Karmann streckte dem Bauern die Hand entgegen. »Herr Thoma, nehme ich an? Friedrich Karmann. Ich war schon einmal hier. Der Mann mit der Autopanne.«

Thoma ging nicht auf den Handschlag ein. Er musterte Karmann mit einem abschätzenden Blick. »Autopanne. So, so.« Er wandte sich ab und ging mit schlurfendem Schritt

93

zum Hauseingang. Dort stieß er die Tür auf. Dann drehte er sich um, winkte Karmann zu sich und verschwand im Dunkel des Hausflurs.

Karmann war verblüfft über den seltsamen Empfang. Doch jetzt war nicht die Zeit, über das schrullige Verhalten des Alten nachzudenken. Er beeilte sich, Thoma hinterherzukommen.

Als er das Halbdunkel des Flurs betrat, umfing ihn der Geruch nach Harz, Rauch, Holz und Küche. Sofort wurde die Erinnerung wieder lebendig. Jeden Moment erwartete er, die Frau wiederzusehen, der er vor Tagen beim Gemüseschneiden geholfen hatte.

Thoma führte ihn in eine Stube direkt hinter dem Eingang. Als er eintrat, fühlte er sich in eine lang verlorene Zeit zurückversetzt. Um einen mächtigen Tisch gruppierten sich eine ebenfalls gewaltige Sitzbank und mehrere Stühle mit reich geschnitzten Rückenlehnen. Die vom Fenster abgewandte Seite nahm ein dunkelgrüner Kachelofen ein, auf der Bank davor lagen mehrere große Kissen. Über dem Tisch hing in der Ecke ein mit einem Rosenkranz behängtes Kruzifix, vor dem eine kleine rote elektrische Kerze leuchtete. Wie schon im Hausflur hing über allem ein durchdringender Geruch.

Die Holzdielen knarrten leise, als Karmann eintrat. Thoma holte aus dem Schrank eine Flasche und zwei Gläser. Er setzte sich auf den Stuhl unter dem Kruzifix und bedeutete Karmann, gegenüber Platz zu nehmen.

»Trink!« Er schob Karmann eines der beiden gut gefüllten Gläser zu. Das andere kippte er mit einem Schwung hinunter.

94

Karmann war kein Freund starker alkoholischer Getränke, außer einem gelegentlichen Cognac. Das betörende Aroma des Kirschwassers stieg ihm in den Kopf, noch bevor er einen Schluck genommen hatte. Er wusste, dass er jetzt nichts falsch machen durfte. Entschlossen führte er das Glas an die Lippen.

Der Kirsch brannte in seinem Rachen wie Feuer. Nur mit Mühe gelang es ihm, den Hustenanfall zu einem höflichen Räuspern abzuschwächen.

»So, so. Du willst also die Uhr.« Thoma schenkte nach. Dann sah er Karmann herausfordernd an. »Was willst du damit?«

Karmann räusperte sich noch einmal. Das Kirschwasser hatte ihm die Stimme geraubt. Stattdessen arbeitete Karmanns Gehirn auf Hochtouren. Was wollte Thoma hören? Von seiner Antwort konnte alles abhängen.

Karmann entschied sich rasch. Mit stockender Stimme schilderte er den Aufbau seiner Uhrensammlung, von seiner Begeisterung als Sammler, von seiner Faszination für alles, was mit Zeitmessung zu tun hatte.

»Vesteraalen.« Thoma hatte den Kopf auf den Arm gestützt, sein Blick war in die Ferne gerichtet.

»Wie bitte?« Karmann bemerkt erst jetzt, dass Thoma überhaupt nicht zugehört hatte.

»Vesteraalen. So hieß das erste Schiff.«

Karmann war konsterniert. Was meinte der Bauer? Was für ein Schiff?

»Ja, gut, also …« Mühsam versuchte er den Faden wieder aufzunehmen.

Doch Thoma unterbrach ihn erneut. »1893. Das ist

lange her. Zuverlässiges Schiff. 1941 durch einen Torpedo versenkt. Man nimmt an, es waren die Engländer.« Er griff nach der Flasche und schenkte beide Gläser voll bis zum Rand. Karmann brachte kein Wort mehr heraus.

»Trink! So etwas Gutes kriegst du in Norwegen nicht. Die trinken Aquavit. Da ist Kümmel drin und so Zeug.« Er prostete Karmann zu und trank. Dieses Mal setzte er zweimal an und schmeckte bei jedem Schluck genießerisch mit der Zunge hinterher. Karmann löste sich aus seiner Verwirrung und tat es ihm gleich. Nachdem er ausgetrunken hatte, spürte er deutlich, wie ihm der Alkohol zu Kopf stieg.

Er atmete einmal tief durch, dann versuchte er, das Gespräch auf die Uhr zurückzulenken.

»Ja, und deshalb würde ich mich sehr freuen, wenn ich Ihre Uhr einmal sehen dürfte.« Er wusste überhaupt nicht, wie er Thoma einschätzen sollte. Daher entschied er sich, vorsichtig zu sein.

Thoma schenkte die Gläser ein drittes Mal voll. Dieses Mal ließ er seines vor sich auf dem Tisch stehen.

»Der Steinmeier hat gesagt, du willst sie kaufen?«

»Ja. Wenn es sich als günstig erweist.«

»Als günstig erweist? Du meinst, wenn sie nix kostet?«

Karmann wehrte erschrocken ab. »Nein, so war das nicht gemeint. Ich wollte nur wissen, ob Sie vielleicht bereit wären ...«

»Du meinst, ob ich dir die Uhr gebe?« Thoma nippte an seinem Glas und dachte einen Moment nach. »Daran hab ich noch nie gedacht. Die Uhr ist von meinem Großvater, die war schon immer da. Und später wird sie mal

96

eine meiner Töchter bekommen. Was willst du denn damit?«

»Wie ich schon sagte …« Karmann nahm einen weiteren Anlauf, von seiner Sammelleidenschaft zu erzählen. Doch schon nach wenigen Worten unterbrach ihn Thoma. »Bist schon ein seltsamer Kerl. Die Furtwanger haben mich auch schon angebettelt. Aber ich habe abgelehnt. Die wollen die Uhr ins Museum stellen und alle sollen sie angucken. Das musst du dir mal vorstellen. Nein, die kriegen sie nicht, auch nicht für einen Haufen Geld.«

Karmann horchte auf. Endlich wurde es interessant. Wenn es um Geld ging, würde er Steinmeier jederzeit überbieten können. Er entschied, aufs Ganze zu gehen. »Wie viel wollen sie dafür?«

»Du willst die auch?« Thomas Augen zogen sich zusammen. »Und was machst du damit?«

»Na ja …« Karmann gab sich geschlagen. Resigniert breitete er die Arme aus und hielt die Handflächen nach oben.

»Du hast keine Ahnung, warum du sie willst. Dann kann sie ebenso bei mir bleiben. Für die nächsten 100 Jahre.« Thoma lehnte sich in seinem Stuhl zurück und betrachtete sein Gegenüber eindringlich. Karmann spürte ein mulmiges Gefühl im Magen, das er seit seiner Schulzeit nicht mehr gekannt hatte.

Plötzlich zog zu seiner Überraschung ein Schmunzeln über das Gesicht des Thomabauern. »Weißt du, du gefällst mir. Du kriegst die Uhr. Wenn du mir zeigst, dass du sie verdienst.«

»Ich bin sehr großzügig.«

Thoma winkte ab. »Nein, nicht das Geld. Ich brauche kein Geld. Zeig mir, dass du sie wirklich willst.«

Karmann schluckte. Er war ratlos. »Was soll ich tun?«

»Komm in drei Tagen noch mal vorbei. Wenn du mir dann einen guten Grund sagst, bekommst du sie. Geschenkt.«

Karmann sah ihn an, als habe er ein Gespenst vor sich. »Geschenkt?«

»Ich hab es dir schon gesagt, brauche kein Geld.« Er legte seinen Kopf leicht schräg, als ob er nachdachte. »Einen kleinen Gefallen könntest du mir tun.« Thoma stand auf und zog aus dem Küchenschrank einen Hochglanzprospekt heraus. »Heute heißen die Schiffe anders. Nordstern, Nordlicht, Trollfjord. Postschiffe allesamt. Die fahren die ganze Küste entlang bis zum Nordpol. Also fast. Und wieder runter. Hat mich schon als Kind begeistert. Verrückte Norweger.« Er blätterte durch die Seiten und gab ab und zu einen Kommentar zu den Bildern. »Immer noch mein Traum. Da möchte ich einmal mitfahren. Meine Frau übrigens auch.«

»Mitfahren?« Karmann ahnte, worauf der Bauer hinauswollte. Die Fahrt mit den Hurtigruten war außergewöhnlich teuer, aber allemal das Geld wert, wenn er dafür die Uhr bekam.

»Am Geld scheitert es nicht«, fuhr Thoma fort. »Aber ich weiß nicht, wie ich das anstellen soll, das mit der Buchung und dem Bezahlen und wie ich dorthin komme. Nach Oslo!« Er zeigte mit dem Finger zur Decke, um anzudeuten, wie weit entfernt die norwegische Hauptstadt lag. »Meine Tochter könnte das, für sie wäre es ein Leichtes. Aber sie will nicht, sie ist dagegen. ›Das ist zu gefährlich!‹, sagt sie, ›Es könnte etwas passieren!‹, sagt sie.« Er lachte bitter. »Als ob ich ein kleines Kind wäre.«

Karmann hatte gespannt zugehört. »Wenn ich Sie richtig verstehe, wollen Sie, dass ich für Sie und Ihre Frau eine solche Reise organisiere?«

»Ja, wenn du das kannst. Dass wir uns um nichts kümmern müssen. Außer in den Zug steigen.«

Karmanns Herz schlug höher. Fast meinte er, nicht richtig gehört zu haben. Die älteste Uhr des Schwarzwaldes, die mit Geld nicht zu bezahlen war, im Tausch gegen eine Schiffsfahrt? Das würde er mit ein paar Anrufen und Mails erledigen können. Er konnte es kaum glauben.

»Das müsste gehen«, meinte er zögerlich. Er musste den Eindruck vermeiden, wie leicht ihm die Aufgabe fiel.

»Bald?«

»Bald. So schnell es geht.«

Thoma hob sein Glas und prostete Karmann zu. »Abgemacht?«

»Abgemacht.«

Karmann achtete nicht darauf, dass die vorhergehenden beiden Obstler in seinem Kopf bereits für reichlich Unordnung gesorgt hatten. Er konnte keine Rücksicht auf seine Befindlichkeit nehmen. Zudem war die Wärme, die sich in seinem Körper ausbreitete, nicht unangenehm.

»Gut. Maria wird sich freuen.« Thoma stand auf. »Jetzt zeige ich dir noch etwas. Komm mit.« Er ging hinaus in den Hof, Karmann stakste leicht benommen hinterher. Das helle Sonnenlicht blendete ihn. Ein dunkler Schatten huschte von der Seite auf ihn zu. Der Hund bellte zweimal und gab sich damit zufrieden.

Thoma war bereits einige Schritte vorausgelaufen. Neben einem alten Düngewagen drehte er sich kurz um. »Wo bleibst du?«

Karmann musste sich zusammennehmen. Seine Beine fühlten sich weich an. »Ich komme!«

Der Wald reichte an dieser Stelle bis dicht hinter den Schuppen. Unter mächtigen Tannen wuchsen etliche Baumschößlinge, ein aufgetürmter Steinhaufen war mit dunkelgrünem Moos überzogen. Thoma ging auf einem kaum sichtbaren Pfad weiter in den Wald hinein.

Karmann musste stehen bleiben. Sein Kopf war nicht mehr als eine alte Wattekugel, in der winzige Meteorbrocken miteinander um die Wette kreisten. Er atmete ein paarmal tief ein und aus. Es war kühl um ihn, eine erschrockene Elster schimpfte, als sie davonflog.

Nach einer kurzen Pause ging Karmann weiter. Thoma war nicht mehr zu sehen. Er fragte sich, was der Alte jetzt wieder für eine Überraschung für ihn bereithielt. Eine Fahrt auf einem Postschiff in Norwegen! Und was kam jetzt – ein vergrabener Schatz? Ein ausgestopfter Braunbär? Oder wollte er ihm gar die Uhr zeigen? Karmann hatte eine Ahnung, dass Thoma das Erbstück gar nicht im Haus aufbewahrte. Bestimmt war die Uhr längst nicht mehr funktionsfähig und lag in einer vergessenen Scheune irgendwo im Wald.

Hinter einer kleinen Anhöhe sah Karmann ein unerwartetes Bild vor sich. In einer Senke, die er zuvor nicht gesehen hatte, stieß er auf einen Teich. Eigentlich war er kaum

100

mehr als der überdimensionale Rest eines Herbstgewitters, der sich geweigert hatte, im sumpfigen Waldboden zu verschwinden. Das Wasser war dunkel und überraschend klar. Ringsum wuchsen dichtes Schilf und Binsengras. Ein paar umgestürzte Baumstämme ragten heraus, auf einem mächtigen Findling ein paar Meter vom Ufer entfernt wuchsen zwergenhafte Tannen.

Der Weg führte am Rand des Wassers noch einige Meter weiter bis zu einer Hütte. Die hölzernen Wände waren grau und mit Flechten überzogen, die Ziegel auf dem Dach verschwanden unter einem dicken Moospolster. An der vom See abgewandten Seite ragte ein mächtiger Holunder in den Himmel, seine Ausläufer verschlangen sich bis in die Äste der dahinter stehenden Fichten.

Im Eingang stand Thoma und wartete. Karmann war immer noch völlig ahnungslos, warum ihn der Bauer hierhergeführt hatte.

»Jetzt komm halt!«, rief er ihm ungeduldig zu und stieß die Holztür auf.

Karmann folgte ihm. Er brauchte eine Weile, bis sich seine Augen an die düstere Stimmung in dem Schuppen gewöhnt hatten. Ein winziges quadratisches Fenster erhellte spärlich den Raum. Jetzt erst sah Karmann, dass die Wände mit Holzscheiten vollgestapelt waren. An manchen Stellen reichten sie bis zur Decke, einige waren bis auf Schulterhöhe abgetragen. Auf dem Boden stand ein mächtiger geflochtener Weidenkorb.

»Unser Holzlager«, brummte Thoma. »Im Winter wird's kalt.« Dann fasste er Karmann am Arm und deutete auf die Wand neben der Tür. »Da ist sie.«

Auf den ersten Blick hob sich die Uhr kaum von den umgebenden Brettern ab. Karmann sah trotzdem sofort, dass er eine typisch Schwarzwälder Schilderuhr vor sich hatte. Ein bemaltes Schild, über das die beiden Zeiger liefen, und dessen Farben im Halbdunkel kaum auseinanderzuhalten waren, ein Pendel aus Metall, zwei Tannenzapfen nachempfundene Gewichte, die an ihren dünnen Ketten reglos nach unten hingen.

»Das war ein Geschenk damals für meine Tochter, ich weiß schon gar nicht mehr, wofür. Geburtstag vielleicht, oder eine Schulfeier, du weißt schon, Tombola oder so. Anfangs hing sie bei ihr im Zimmer, doch als Teenager wollte sie sie nicht mehr. Nicht cool genug.« Er trat nahe an die Uhr heran und deutete mit dem Finger auf einen kaum wahrnehmbaren Schriftzug am Rande der Blumenmalerei. »Dabei ist sie eine Originaluhr aus Schonach. Ich kenne die Malerin, ist was ganz Besonderes.«

Karmann war unsicher. »Schön«, sagte er nach einigem Zögern. »Ist das die Uhr, die ich sehen wollte?«

Thoma lachte herzhaft. »Jetzt hör aber auf, wie kannst du das fragen. Das ist einfach eine Uhr, und sie gehört zu deiner Aufgabe.«

»Aufgabe?«

Thoma antwortete nicht. Er zog langsam die Gewichte nach oben und ließ sie ausschwingen. Dann stieß er mit der Hand vorsichtig das Pendel an. »Eigentlich müsste sie noch gehen«, brummte er. Er versuchte es noch einmal, dieses Mal mit mehr Schwung. Als auch das nicht half, nahm er das Gehäuse vorsichtig von der Wand und öffnete eine kleine Klappe auf der Rückseite. Vorsichtig griff er hinein und zog Papier und eine Handvoll Holzspäne heraus. »Jetzt aber. Ein altes Nest. Vielleicht Wespen. Vielleicht Mäuse.«

»Mäuse?«

»Klar. Schön dunkel und warm, so mögen sie's.«

Er hängte die Uhr zurück an ihren Platz und stieß das Pendel erneut an. Jetzt setzte sich das Perpendikel in Bewegung. Ein monotones Klacken wie von einem marschierenden Zinnsoldaten durchschnitt die Stille.

»Prima!« Thoma lächelte wieder. »So machst du es, genau so.«

»Ich ... verstehe nicht?«

»Das ist deine Aufgabe. Die Uhr in Bewegung halten, immer wieder aufziehen. Drei Tage lang. Das kannst du.«

»Aber ... wieso?« Karmann hatte eine Ahnung, doch gleichzeitig war er völlig verunsichert.

»Zeig mir, dass dir die Uhr etwas wert ist. Zeig mir, dass du mit Zeit umgehen kannst. Zeig mir, dass du verlässlich bist und die Uhr bei dir in guten Händen ist. Drei Tage lang. Das reicht mir. Und natürlich deine Antwort, warum du sie wirklich haben willst.«

Thoma nahm von einem der Holzstapel drei Scheite herunter und warf sie in den Korb. »Jedes Mal, wenn du hier warst, nimmst du ein Holz mit und legst es mir im Hof vor die Tür, damit ich weiß, dass du hier warst. Das reicht mir. Wenn drei Scheite da liegen, hast du es geschafft. Ach ja, und noch etwas. Einmal aufziehen hält die Uhr ungefähr einen Tag lang in Bewegung. Kann auch ein bisschen länger oder kürzer sein. Verpass es nicht.« Mit diesen Worten trat er ins Freie und stapfte den Waldpfad zurück, den sie gekommen waren.

Karmann konnte nicht antworten. Er versuchte, seine immer noch benebelten Gedanken festzuhalten und zu sortieren. Hatte er den Bauern richtig verstanden?

Was er in den letzten Minuten gehört hatte, klang völlig unsinnig. Drei Tage lang eine alte Uhr aufziehen. Holzstücke sammeln und dem Bauern als Beweis bringen. Jeden Tag. Das würde ihm genügen. Genügen wofür? Als Zeichen, dass er die wertvolle antike Uhr verdient hatte?

Der Alte konnte nicht ganz bei Trost sein. Karmann hatte davon gehört, dass im Schwarzwald so mancher Sonderling zu finden war. Er erinnerte sich an den Mann, den er im letzten Jahr an der Talstation der Belchenseilbahn getroffen hatte und der ihm allen Ernstes weismachte, dass er jeden Tag zu Fuß auf den Berg stieg. Jeden Tag seit 23 Jahren. Seit seine Frau gestorben war.

Aber eine unbezahlbare Antiquität herzugeben für ein paar Tage Uhr aufziehen und die Organisation einer Kreuzfahrt in den Norden? Karmann betrachtete die Uhr an der Wand genauer. Seine Finger strichen über das bemalte Schild, fühlten die dünne Kette, an der die eisernen Fichtenzapfen baumelten, die durch ihr Gewicht die Unruh in Bewegung hielten.

Das kräftige Ticken, das aus dem Inneren kam und in den Ritzen zwischen den Bretterwänden der Hütte verhallte, fühlte sich an wie ein Countdown, den der Bauer in Bewegung gesetzt hatte und an dessen Ende für Karmann der Goldene Topf am Fuße des Regenbogens blinkte.

Karmann war hellwach geworden. Das Kirschwasser hatte in seiner Wirkung schlagartig nachgelassen. Warum sollte er sich nicht darauf einlassen? Die Aufgaben waren ein Kinderspiel, und wenn es dem Alten wichtig war – warum nicht? Steinmeier würde Augen machen, und auch Jake würde staunen über die »Crazy Germans«.

Karmann sah auf seine Armbanduhr. Es war 13.30 Uhr, in 24 Stunden musste er wieder hier sein, vorsichtshalber ein, zwei Stunden früher. Während er den Pfad durch den Wald zurücklief, versuchte er sich den Weg einzuprägen, doch nicht einmal das schien ihm nötig.

Als er zurück in den Hof kam, war Thoma nirgends zu sehen. Der Hund gab sich dieses Mal mit einem aufmunternden Kläffen zufrieden, die Hühner liefen immer noch träge über den Hof und pickten dann und wann etwas vom Boden, als sei ihnen die Bewegung eingeschrieben.

Karmann war unschlüssig, was er tun sollte. Von den Frauen war keine zu sehen. Immerhin wusste er nun, dass es drei geben musste.

Wenn er gleich nach Hause fuhr, konnte er noch heute Nachmittag die ersten Informationen für die Nordlandkreuzfahrten zusammensuchen. Natürlich hätte er auch gerne Margarethe getroffen, aber sie hatte keine Kontaktadresse hinterlassen, und Dr. Leitmeier anzurufen schien ihm aufdringlich. Er würde sich bis morgen gedulden müssen.

Während der Rückfahrt machte er sich einen ersten Plan zurecht. Die Aufgabe war zwar überaus einfach, umso mehr musste er darauf achten, nichts zu versäumen. Wenn er um die Mittagszeit wieder auf den Thomahof fuhr, blieb ihm genügend Zeit, das Treffen mit Margarethe einzuhalten.

Am späten Nachmittag war Karmann in Freiburg. Er hatte sich entschlossen, den Tag mit einem guten Essen ausklingen zu lassen. Er brachte den Jaguar zurück in die Garage, zog sich kurz um und machte sich zu Fuß auf in die Stadt. Heute war ihm nach etwas Besonderem.

Die leuchtenden Farben des herbstlichen Sonnenuntergangs spiegelten Karmanns Empfinden wider. Es war zweifellos ein besonderer Tag. Genau genommen bereits der zweite. Die Begegnung mit der unbekannten Schwester, von der er bis gestern keine Ahnung gehabt hatte. Heute ein Angebot, eine Entdeckung, die ihn mit einem Schlag zu einem der wichtigsten Uhrensammler Europas machen würde. Die Naivität des Thomabauern war so nicht vorauszusehen gewesen, vor allem nicht nach dem, was Karmann von Steinmeier über deren Kontakt erzählt hatte. Wusste Thoma wirklich nicht, welchen kunsthistorischen Schatz er hütete? Wie konnte er die Uhr zu derart lächerlichen Bedingungen weggeben?

Es konnte ihm nur recht sein. Er musste noch nicht einmal ein schlechtes Gewissen haben. Immerhin sorgte die Uhr auch noch Hunderte Jahre nach ihrer Entstehung dafür, dass der Erfindergeist und das handwerkliche Geschick des unbekannten Herstellers gewürdigt wurden. Sie hätte genauso gut noch ein paar weitere Generationen unentdeckt im Mathieshof liegen können, bis der endgültige Verfall nicht mehr aufzuhalten war.

Die Uhr in Amerika? Jake hätte sie mitgenommen und mit Sicherheit an einen exzentrischen Nabob verhökert, der sie in seinem Safe lagerte, als Wertanlage, und keineswegs, um sich an ihrer Besonderheit zu erfreuen. Das

106

Uhrenmuseum, ja das wäre auch von der ideellen Seite her ein ebenbürtiger Kontrahent gewesen. Dort verstand man es immerhin, die Geschichte am Leben zu erhalten und die Menschen für die Wurzeln ihrer Vergangenheit zu interessieren. Karmann lächelte zufrieden. Vielleicht würde er den Erwerb sogar in eine Dauerleihgabe umwandeln. »Aus der Sammlung von Friedrich Karmann«. Das machte sich gut.

Die Tische im *Mumbai* waren um diese Uhrzeit erst spärlich besetzt. Karmann setzte sich in eine Nische, von wo er das Lokal im Blick hatte. Schon das Studieren der Speisekarte, die ihm der in farbenprächtige Mogulkleidung gewandete Kellner brachte, war ein Genuss. Er erinnerte sich an einige der Gerichte, die er damals kennengelernt hatte. In der anderen Welt. Zu einer anderen Zeit.

Nach kurzer Überlegung entschied er sich für ein Lammcurry mit Okraschoten.

Korianderduft. Basmatireis. Mangolassi. Mukhwas.

Alles war gut.

Kapitel 10:
Die Aufgabe

Die Kreuzfahrtbuchung war komplizierter als gedacht. Karmann klapperte der Reihe nach die Reisebüros in der Innenstadt ab, doch überall bekam er dieselbe Auskunft. Für die nächsten Monate waren die gehobenen Passagen längst ausgebucht, lediglich für Dezember gab es noch ein paar Innenkabinen, die kürzlich storniert worden waren.

Karmann hatte geplant, dem Bauern und seiner Frau etwas Besonderes zu bieten, natürlich mit bequemem Transfer, Vollverpflegung und Landausflügen. Thoma wollte gar nicht erst Zweifel aufkommen lassen. Jetzt erst fiel ihm ein, dass er nicht einmal nach dem gewünschten Zeitraum gefragt hatte.

Karmanns Optimismus schmolz zusehends. Auch im Internet würde er nach Auskunft der Reisebüros kaum fündig werden, da alle Anbieter zentral über einen Computer vernetzt waren. Er solle es einmal direkt beim Veranstalter versuchen. Natürlich würde man ihn gerne auf die Warteliste setzen.

In dem kleinen Café am Rande des Stadtgartens hatte Karmann Glück, dass gerade eben ein Tisch frei wurde.

Nach einem doppelten Espresso und einem herzhaften Biss in ein Laugencroissant kehrte seine Zuversicht zurück. Er würde einen Platz bekommen, dessen war er sich sicher. Letztlich konnte man mit Geld alles regeln und zur Not einem gewillten Kunden die Buchung abkaufen. Wichtig war jetzt, von Thoma genauer zu erfahren, was er sich vorgestellt hatte.

Auf ein Mittagessen verzichtete er, lieber wollte er beim ersten Mal so rechtzeitig losfahren, dass ihm nichts dazwischenkommen könnte, weder ein Stau noch ein Unfall. Immer noch war er mehr als verwundert, dass Thoma ihm die Uhr zu geben bereit war, nachdem er sich zuvor allen Versuchen widersetzt hatte. Karmann freute sich schon jetzt auf Steinmeiers verdutztes Gesicht, wenn er von Karmanns Erfolg erfahren würde.

Ob Thomas Entscheidung etwas mit den beiden Frauen zu tun hatte? Hatte er in ihnen etwa Fürsprecher gewonnen? Hatte die geheimnisvolle Nacht auf dem Mathieshof etwas damit zu tun? Karmann trat entschieden auf das Gaspedal des Jaguar. Letztlich war es nicht wichtig, vielleicht würde er es später erfahren. Jetzt musste er seinen Teil der Abmachung erfüllen.

Etwa eine Stunde vor dem Zeitpunkt, den er sich vorgenommen hatte, parkte Karmann den Wagen in Thomas' Hofeinfahrt. Niemand war zu sehen, nicht einmal der Hund. Karmann überlegte kurz, ob er ins Haus gehen sollte, um Thoma oder zumindest eine der Frauen zu begrüßen. Doch er verzichtete darauf und suchte den Pfad hinter dem Schuppen.

Im Wald umgab ihn eine eigenartige Stille. Nicht einmal ein Rascheln war zu hören. Auch die Vögel blieben seltsamerweise still. Trotzdem hatte Karmann das Gefühl, von allen Seiten beobachtet zu werden. Mit tausend Augen starrte etwas auf ihn. Wie schon in der Nacht seiner Autopanne hatte Karmann das Gefühl, ein unerwünschter Eindringling in einer fremden Welt zu sein. Selbst der Pfad, dem er folgte, schien sich verbergen zu wollen. Große braungrüne Farnwedel hingen von beiden Seiten in den Weg, die Ranken einer Brombeerhecke versperrten ihm die Sicht. Von allen Seiten drängte sich modriger Geruch nach Moos, Waldboden und verborgenen Pilzen heran.

Endlich erreichte er die Hütte. Sie sah kleiner aus als gestern, unscheinbar, als sei sie vor langer Zeit vergessen worden und stemme sich nur noch mit letzter Kraft gegen Zerfall und Überwuchern. Karmann stieß die Tür auf, das Dunkel im Inneren versickerte nur langsam in den Ritzen der Wandbretter.

Auch hier war es so still, dass Karmann seinen Herzschlag spürte. Noch bevor er es sah, wurde ihm klar, was das bedeutete. Der verdreht auf dem Holzstapel unter der Uhr aufliegende eiserne Fichtenzapfen, die träge herunterhängende Kette. Die Zeiger wiesen auf halb zwölf.

Karmann stockte der Atem. Der Raum unter den Uhrgewichten musste frei sein von Hindernissen, nur so konnte die Schwerkraft die Zapfen nach unten ziehen und damit das Uhrwerk in Gang halten.

Wie hatte er das übersehen können? Wie hatte Thoma es übersehen können? War dies vielleicht ein Teil der Prüfung? Ein überaus einfacher Test, den er im Hochgefühl des Triumphes kläglich nicht bestanden hatte?

Karmann sackte auf einem Hackklotz zusammen, der an der Seite auf dem Boden stand. Wie konnte ihm das passieren? War schon alles verloren, noch ehe es begonnen hatte?

Fieberhaft begann er zu überlegen. Außer ihm wusste niemand, was geschehen war. Er konnte immer noch die Aufgabe einlösen, die Thoma ihm gestellt hatte. Und er brauchte nicht einmal ein schlechtes Gewissen zu haben. Er war rechtzeitig hier gewesen, er hatte die Uhr am Laufen gehalten, wenn auch mit einer kurzen Unterbrechung.

Karmann fasste neue Zuversicht. Mit raschen Griffen räumte er die störenden Holzscheite unter der Uhr zur Seite, sodass die beiden Gewichte wieder frei schwingen konnten. Anschließend zog er vorsichtig die Metallzapfen bis zum Rand des Gehäuses nach oben. Als alles wieder bereit war, wartete er einen Moment, dann stieß er mit den Fingern das Pendel an, so wie er es bei Thoma gesehen hatte. Sofort setzte das vertraute Ticken ein.

Karmann fiel ein Stein vom Herzen. Wenigstens die Uhr war nicht kaputt gegangen, das Laufwerk schien nicht beschädigt zu sein. Er wartete ein paar Minuten und beobachtete das Pendel. Ruhig schwang es von links nach rechts und zurück, hin und her und hin und her. Fast hatte er das Gefühl, dass sein Herz im selben Takt klopfte, im Takt der Zeit, unaufhaltsam.

Nach einer Weile trat er vor die Hütte. Es hatte zu regnen begonnen, doch das war ihm gleichgültig. Er ging noch einmal zurück und nahm eines der Scheite aus dem Weidenkorb, dann schloss er sorgfältig die Tür. Mit einem Blick auf seine Armbanduhr stieß er einen erleichterten

Seufzer aus. Es war fast genau dieselbe Zeit, als er am Tag zuvor mit Thoma hier gewesen war. Ein letztes Mal sah er zurück, dann stapfte er den Pfad zurück zum Hof.

Der Regen wurde stärker. Karmann fror. Seit einer Viertelstunde ging er die schmalen Parkwege auf und ab. Auf dem Gras lag das erste Herbstlaub, die Blumenrabatten waren abgeblüht, lediglich ein paar Astern schenkten dem Nachmittag ein wenig Farbe – violett, orange und rosa. Immer wieder sah er zu den Zugängen zu der Grünanlage.

Karmann zog seine Jacke fester zu. Seinen Herbstmantel hatte er dummerweise zu Hause gelassen, er trug lediglich eine grün karierte Weste unter dem Sakko. Wenigstens einen Schirm hatte er dabei.

»Die Kelten am Oberrhein – eine Spurensuche«. Über der Eingangstür des Colombischlösschens flatterte ein riesiges gelb-schwarzes Banner, das auf die aktuelle Ausstellung in dem Museum hinwies. Gegenüber in den Geschäften brannten die ersten Lichter in den Schaufenstern, die Straßenlaternen vor den Häuserzeilen warfen mattes Licht auf den nass glänzenden Asphalt.

Wieder und wieder sah Karmann auf seine Uhr. Die verabredete Zeit war bereits seit mehr als einer Viertelstunde verstrichen. Würde sie noch kommen? War etwas Unvorhergesehenes geschehen? Karmann wurde unruhig. Konnte es sein, dass Margarethe gar nicht kommen wollte?

Er versuchte sich zu erinnern, wie ihre Nachricht auf dem Anrufbeantworter geklungen hatte. »Wenn du einverstanden bist, komm einfach.« Sie hatte den ersten Schritt gemacht, aber sie hatte ihm die Entscheidung überlassen. Dies konnte ebenso bedeuten, dass sie es sich anders überlegt hatte.

Keine Verpflichtungen. Kein Austausch der Telefonnummern.

Wenn er nun doch zurückrief, auch wenn sie es nicht für notwendig erachtet hatte? Es konnte aufdringlich wirken, und das wollte er nicht. Dennoch war der Gedanke seltsam. Er hatte das Leben ohne Schwester gelebt, und es war gut gewesen. Er hatte sie getroffen und war bereit, sie kennenzulernen. Und jetzt sollte er alles wieder vergessen, so als sei nichts geschehen?

Karmanns Blick fiel auf die Leuchtbuchstaben des Hotels gegenüber. Es war das erste Haus am Platz, hier hatten sie alle übernachtet, die Künstler und Sportler, die Politiker und der Dalai Lama. Wenn Margarethe den Colombipark als Treffpunkt vorgeschlagen hatte, konnte es doch sein, dass sie für die Tage in Freiburg ebenfalls hier abgestiegen war.

Das Glas der Zimmerfenster war dunkel getönt und spiegelte diffuse Lichtreflexe. Konnte es sein, dass sie eben in diesem Moment hinter einem der Fenster stand und ihn von ihrem Zimmer aus beobachtete? Eine Prüfung, ob er es ernst meinte. Sie wusste von ihm genauso wenig wie er von ihr. Er hatte sich von der Familie getrennt, wollte er überhaupt dazugehören? Hatte sie den Anruf gestern schon bereut?

Karmann entschied sich für eine allerletzte Runde. Vom Eingang der Eisenbahnstraße aus lief er die mit Weinstöcken gesäumte Treppe nach oben bis zu den ersten Bänken hinter dem archäologischen Museum. Spärliches Wasser rann aus dem Brunnen mit der Bronzeskulptur. Ein nackter Junge, der auf einer Schnecke ritt. 19.-Jahrhundert-Ästhetik.

Von hier aus hatte er den größten Teil des Parks im Blick. Doch er war allein. Alle Bänke waren leer.

Karmann verließ die Anlage, überquerte die Straße und sah ein letztes Mal zurück. Es war nur schwer zu akzeptieren, dass sie nicht gekommen war. Der hell erleuchtete Eingangsbereich des Hotels schien ihm wie das Scheinwerferlicht für eine Bühnenfigur, die den Auftritt verpatzt hatte. Für einen kleinen Moment stockte sein Schritt unter dem Vordach, von dem aus er den Empfangsbereich einsehen konnte.

Er konnte fragen. Sie würde herunterkommen, ihn anlächeln, sich entschuldigen, mit ihm den Abend verbringen. Es konnte der Beginn einer außergewöhnlichen Freundschaft werden.

Ein Taxi fuhr vor, der Fahrer stieg aus und öffnete die hintere Tür, ein grau melierter älterer Herr im dicken schwarzen Mantel stieg umständlich aus, der livrierte Abendportier ging ein paar Schritte auf ihn zu und grüßte.

Karmann drehte sich ab und ging weg. Der Moment war vorüber.

Kapitel 11:
Der zweite Tag

Aus dem Dunkel des Schlafes senkte sich Schwere über ihn. Zuerst umfing sie ihn wie ein warmer Mantel, reglose Stille in Herz und Kopf. Die Gedanken sitzen ruhig aufgereiht, keine Anstrengung. Er weiß nicht, ob seine Augen offen sind. Ob es seine Augen sind.

Ringsum schwarz. Grau. Wieder schwarz.

Schatten zeichnen sich im Dunkel ab, bewegte Spuren, es konnten Gegenstände sein. Ringsum verstreut, wahllos, ohne erkennbaren Sinn. Eine Stimme von außen. Es muss ein Außen geben. Es beruhigt ihn, macht ihn neugierig.

Wieder die Stimme. Ein Kind, zwei Kinder. Das ist gut. Kinder sind ohne Gefahr.

Er kann sie nicht rufen, er weiß es. Er will sich ihnen zuwenden, sie sehen. Alles wird zu Kopf, zum Riesen, der das Dunkel ausfüllt. Er dreht den Kopf, wohin weiß er nicht. Die Stimmen verschwinden, kommen zurück.

Lachen. Woher kommt das Lachen? Lachen ist gut. Lachen ist ohne Gefahr.

Ein bedrückender Traum. Eine Situation, der er nicht entgehen konnte. Dieses Gefühl des Ausgeliefert-Seins. Nichts tun können. Der Wille gelähmt, abgeschnitten.

Seine Mutter hatte ihn ein ganzes Wochenende lang auf ein kirchliches Exerzitientreffen geschickt. Sie war davon überzeugt, dass es für einen Zwölfjährigen die perfekte Vorbereitung auf ein Leben als Erwachsener sei. Die vertiefte Begegnung mit den Sinnfragen des Lebens, das praktische Erleben des Glaubens, die Suche nach einer größeren Heimat über die Familie hinaus. Zusammen mit Gleichaltrigen hatte der junge Friedrich gebetet, gesungen, Vorträgen gelauscht und Andachten besucht.

Die wohlmeinenden Pläne der Mutter erreichten das genaue Gegenteil. In ihm wurde etwas wach, das er bisher nicht gekannt hatte. Das ab sofort alles infrage stellte. Für den zwölfjährigen Friedrich Karmann begann die Zeit der Unsicherheit, ein Zweifel, der ihn ganz auf sich zurückwarf. Zum Entsetzen seiner Mutter und zum Unverständnis des Vaters brach er die Exerzitien vorzeitig ab und fuhr zurück nach Hause. Statt der Bekräftigung des Glaubens begleitete ihn fortan die Ungewissheit. Er spürte, dass er sein Leben selbst in die Hand nehmen musste. Nur er konnte die Antworten finden auf Fragen, die nur er stellen würde.

Eine neue Suche begann.

Karmann wusste nicht, warum es dieses Mal so lange dauerte, bis er das Erlebnis des Traums abstreifte. Es gab sie, die Träume, die er beim Aufwachen nicht sofort wieder vergaß. Die sich festnisteten, aufleuchteten. Ein bewegtes

116

Bild aus vielen Bildern. Die Illusion der Bewegung. Eines und eines und noch eines. Der Film im Kino ist Illusion. Die große Illusion. Das Leben ist die allergrößte Illusion. Der Mensch lässt sich gerne von seinen Sinnen leiten. Und täuschen. Der Mensch braucht die Vorstellung, dass alles mit allem zusammenhängt. Dass es Gründe gibt, auf etwas etwas folgen zu lassen.

Sie nennen es Zeit.

Karmann stand vor dem Spiegel im Badezimmer und streckte sich die Zunge heraus. Die unbestimmte Erinnerung an die Nacht verschwand nur langsam. Er wusste nur noch, dass er schlecht geschlafen hatte.

Der Morgen verlief ruhig. Karmann war froh darum. Bis zu seiner nächsten Fahrt in den Schwarzwald war noch genügend Zeit. Endlich konnte er sich mit den Erinnerungen an seine Kurzreise nach England beschäftigen.

Auf dem Schreibtisch in seinem Büro breitete er aus, was er aus Leicester mitgebracht hatte. Seine wertvollste Errungenschaft, die Tompion-Uhr, hatte bereits ihren Platz im Uhrensalon gefunden, ihr würde er sich später noch zur Genüge widmen. Doch es gab mehr. Drei Bücher hatte er erworben. Neben zwei Fachpublikationen aus den USA über die Historie der italienischen Taschenuhren sowie einer Biografie über einen schottischen Uhrenbaumeister aus dem 18. Jahrhundert hatte er den Katalog zu der Ausstellung des *Germanischen Nationalmuseums* in Nürnberg von 1962 erworben, eine Publikation mit Abbildungen von Uhren, die damals aus ganz Europa zusammengetragen worden waren.

Die Spieldose mit der einem Gemälde von Toulouse-Lautrec nachempfundenen Tänzerin war sein besonderer Stolz. Beim Aufziehen erklangen ein paar Takte von Charles Trenets' »La Mer«, eines Chansons aus den 40er-Jahren, das Karmann besonders liebte. Daneben eine Ansichtskartenserie mit Motiven von historischen Taschenuhren sowie ein Würfel mit zehn Seiten, ein Spielzeug, mit dem man jede beliebige Zeit per Zufall bestimmen konnte.

Und natürlich der Zettel mit Jakes Notiz. Der Mathieshof des Thoma-Bauern. Karmann lächelte, als er die akkurate Schrift seines amerikanischen Kollegen sah. Das kleine Stück Papier war wie ein Bote aus einer anderen Welt, einer Welt, von der er bis vor zwei Tagen noch nicht einmal etwas geahnt hatte. Ein Hof im Schwarzwald, eine Liebesnacht, eine Uhr, ein Wettstreit.

Und eine Schwester.

Um 11 Uhr rief Margarethe an.

Karmann hatte darauf gewartet, er hatte es erhofft, obwohl er nicht wusste, warum.

Die Frau, die jetzt seine Schwester war, kam ohne Umschweife zur Sache, entschuldigte sich mit einer für Karmann durchaus plausiblen Erklärung. Es sei etwas Wichtiges dazwischengekommen und ob sie es nicht nachholen könnten, am besten gleich morgen, um 10 Uhr am Fischbrunnen auf dem Münsterplatz. Sie freue sich, wenn es doch noch klappen würde.

Karmann sagte wenig, es genügte ihm, ihre Stimme zu hören. Natürlich sei das so in Ordnung, und er freue sich ebenfalls. Er wollte nicht mehr sagen, vielleicht um sie

118

nicht unbedacht durch eine falsche Formulierung zu verärgern, vielleicht wollte er nicht mehr von sich preisgeben. Abwarten, was geschehen würde.

An diesem Tag fuhr er noch früher in den Schwarzwald als gestern. Inzwischen konnte er sogar auf sein Navi verzichten, die Strecke kam ihm inzwischen überaus vertraut vor. Selbst die düsteren Passagen durch den Wald hatten ihren Schrecken verloren. Er war sogar derart gut in der Zeit, dass er sich für ein Mittagessen in einem der Gasthäuser unterwegs entscheiden konnte.

Das Restaurant auf der Passhöhe des Thurner hatte Pfifferlinge auf der Karte. Karmann entschied sich für ein Gericht mit Knödeln und einer Sahnerahmsauce, dazu trank er eine Johannisbeerschorle. Den Wein würde er sich für den Abend aufsparen.

Beim Gedanken an die Uhr beschlich ihn ein mulmiges Gefühl. Genau genommen war es Betrug. Konnte er wirklich dem Bauern sein Missgeschick verschweigen? Zwar konnte er nichts dafür, dass die Uhr stehen geblieben war. Doch die Aufgabe, so wie Thoma sie gestellt hatte, war nicht erfüllt. Er hatte es nicht geschafft, die Uhr am Laufen zu halten. Eine, wie er gedacht hatte, leichte Herausforderung.

Zu leicht. Karmanns Gewissen meldete sich. Es wäre zu leicht gewesen, die wertvolle Uhr in seinen Besitz zu bringen, wenig Aufwand, wenig Kosten.

Was würde bleiben, wenn er das Missgeschick verschwieg? Thoma hätte keinen Schaden, im Gegenteil, auf diese Weise würde er sich und seiner Frau auf seine alten Tage den Traum einer Reise erfüllen. Doch konnte Karmann die Art und Weise vergessen, wie das Geschäft zustande gekommen war? Konnte er darüber hinweggehen?

Es half alles nichts. Selbst das ausgezeichnete Herbstmenü vermochte nicht das schale Gefühl zu unterdrücken, das sich in Karmann breitmachte. Während er einen Cappuccino als Ausklang zu sich nahm, entschied er sich. Er würde Thoma das Ganze erzählen und konnte nur hoffen, dass dieser ihm trotzdem gewogen blieb.

Am späten Nachmittag parkte Karmann den Jaguar ein weiteres Mal am Eingang zum Mathieshof. Sofort war der Hund an seiner Seite und wedelte zur Begrüßung mit dem Schwanz. Karmann nahm sich vor, unbedingt nach seinem Namen zu fragen. Es schien ihm beinahe unhöflich, den freundlichen Empfang nicht entsprechend erwidern zu können.

»Das macht er sonst nicht bei jedem. Wotan scheint dich zu mögen!«

Eine junge Frau mit Schürze lächelte Karmann zu. Wotan. Als ob sie seine Gedanken geahnt hätte. Seltsamer Name für einen Hund im Schwarzwald.

»Wir kennen uns«, gab Karmann zurück und versuchte, den Kopf des Hundes zu streicheln. Sofort sprang Wotan zurück und bellte.

Die Frau lachte wieder. »Noch nicht gut genug. Ein paar Mal kommen reicht nicht.«

Karmann ging auf sie zu und reichte ihr die Hand. »Friedrich Karmann. Ob wir uns schon kennen, weiß ich nicht. Trotzdem sehr erfreut.« In seiner Verlegenheit fiel er

120

in den höflich-distanzierten Tonfall seines Vaters zurück. Es konnte die Frau sein, mit der er die Nacht verbracht hatte.

Sie signalisierte keinerlei Anzeichen der Vertrautheit. »Ja, nett. Hast es also doch geschafft mit dem Opa!«

Opa. Also war dies die Enkelin des Alten. Und die Frau, mit der er vor ein paar Tagen gekocht hatte, war die Tochter. Und eine von ihnen war in der Nacht zu ihm gekommen. Natürlich hätte er gerne gewusst, welche der beiden es war. Andererseits – was machte es für einen Unterschied? Das Zusammentreffen war überraschend und intensiv, ein Genuss für beide. Es änderte nichts, wenn er mehr wusste.

»Ist er denn da, Ihr Großvater?« Auf das »Du« wollte Karmann nicht eingehen. Es fühlte sich unpassend an. Er wollte höflich bleiben. Distanz wahren.

»Nee. Er ist nach Neustadt gefahren, irgendetwas einkaufen.« Sie stemmte die Hände in die Hüften und sah ihn neugierig an. »Und du? Man sieht dich ja öfter in letzter Zeit. Geht's wieder mal um die Uhr?«

Karmann hätte gerne gewusst, wie weit Thoma sie eingeweiht hatte. Von der Kreuzfahrt hatte er bestimmt nichts gesagt. Jetzt lag es an Karmann, nicht alles zu verderben. »Die Uhr, ja genau. Sie interessiert mich!«

Die Frau lachte. »Sie interessiert dich! Kaufen willst du sie, das weiß ich. Bist halt auch so ein gelackter Schnösel, der glaubt, mit Geld alles regeln zu können. Bin gespannt, ob du ihn rumkriegst. Willst einen Kaffee?«

Die Art und Weise, wie sie mit ihm sprach, verunsicherte Karmann vollends. Wollte sie ihn auf den Arm nehmen?

121

Ihn so lange reizen, bis er sich vergaß und das folgen ließ, was tausendfach in amerikanischen Hollywoodproduktionen vorgeführt wurde – der stockende Satz, der sehnende Blick, die niedergeschlagenen Augen, der Seufzer. Der Sprung in den Kitsch. Sie waren füreinander bestimmt, jeder wusste es, das Publikum und sie selbst natürlich auch. Poetische Gerechtigkeit, Spannung gelöst.

Doch Karmann bekam sich rasch wieder in den Griff. Er atmete einmal tief durch, dann setzte er ein höfliches Lächeln auf und nickte. »Gerne, wenn es nicht zu viele Umstände macht!«

Er folgte ihr ins Haus. Im Hausflur hing der Geruch frisch aufgebrühten Kaffees. »Ich wollte mich sowieso gerade hinsetzen«, sagte sie. Sie führte ihn in das Zimmer, in dem er zuvor mit dem Bauern ein paar Gläschen getrunken hatte. Auf dem Tisch standen zwei Tassen, ein Milchkännchen und eine Zuckerdose. »Ich hole eben noch eine Tasse.«

Karmann setzte sich, während die Frau in den Flur trat. Kurz darauf kam sie mit ihrer Mutter zurück. Sie schenkte allen ein, dann begannen die beiden Frauen ohne erkennbaren Ansatz loszuplappern.

Karmann begnügte sich damit, von Zeit zu Zeit einen Satz oder eine Bemerkung einzuwerfen. Überwiegend nutzte er die Gelegenheit, die beiden zu beobachten.

Beide waren recht jung, die Mutter Ende 30, die Tochter knapp 20. Die Ähnlichkeit war verblüffend. Beide hatten gewellte dunkelbraune Haare, leicht hochgestellte Wangenknochen und einen langen Hals. Die Augen waren verblüffend. Eingerahmt von winzigen Lachfältchen, funkelte ihr helles Blaugrau einladend. Doch es gab auch Unterschiede. Die jüngere der beiden hatte deutlich breitere Schultern, zudem glichen ihre langen filigranen Finger denen einer Klavierspielerin, während die Hände der Mutter deutliche Zeichen jahrelanger Hofarbeit zeigten. Über ihren Blick huschte in Augenblicken ein winziger Anflug von Melancholie, der sie reifer und erfahrener wirken ließ.

»Ich weiß immer noch nicht Ihre«, unterbrach Karmann den lebhaften Redefluss. »Meinen Sie nicht, ich sollte …«

»Nach dem, was wir schon alles zusammen erlebt haben?«, fragte die Ältere dazwischen. In diesem Moment war sich Karmann sicher, dass sie es war, die ihn nachts besucht hatte. Natürlich, die kräftigen Arme, die vollen Wangen, das leichte Timbre der Stimme – sie musste es sein.

Die beiden kicherten wie Schülerinnen.

»Na gut«, sagte die Jüngere. »Das ist die Magda, und ich bin die Maja.«

»Magda und Maja«, wiederholte Karmann. »Schöne Namen!« Mehr fiel ihm nicht ein.

»Und die Mutter heißt Maria. Und der Vater Johannes. Und der Hund …«

»Wotan!«, rief Karmann dazwischen. »So viel habe ich mir inzwischen gemerkt. Warum eigentlich Wotan?«

»Der Opa«, antwortete Maja. »Er hat sich mal eine Zeitlang mit den germanischen Göttern beschäftigt. Thor, Loki, Ymir und so. Wagner hat er auch gehört. Das war kaum auszuhalten.«

»Inzwischen ist er wieder vernünftig geworden«, ergänzte Magda. »Wotan ist übrig geblieben.«

123

»Gott sei Dank. Sonst würde Mama vielleicht Freya heißen.« Maja verdrehte die Augen.

Karmann schüttelte verständnisvoll den Kopf. Er wollte sich nichts anmerken lassen. Thomas Wunsch einer Nordlandfahrt durfte nicht gefährdet werden. »Ich heiße übrigens Friedrich. Ganz normal. Wie mein Vater. Ihm fiel nichts Besseres ein.«

Wieder kicherten die Damen. »Friedrich der Große.« Magda grinste. »Es hat alles seine Bedeutung.«

Karmann war sich inzwischen sicher, dass es Magda war. So, wie sie ihn ansah ...

Vor dem Fenster war ein Auto zu hören. »Der Großvater kommt! Bestimmt hat er mir die Sneakers mitgebracht.« Maja sprang auf und lief hinaus.

»Sie wollte sich letzte Woche welche in Neustadt im Schuhgeschäft kaufen. Die Größe war nicht mehr da. Weiß mit Glitzer. Total passend für einen Bauernhof im Wald.« Magda schüttelte den Kopf. »Aber so sind sie, die Jungen.«

Vor der Tür waren Schritte zu hören. Wotan winselte freudig.

Karmann stand auf, als Thoma eintrat.

»Ah, der Uhrenfreund«, begrüßte ihn der Bauer. »Warst schon draußen?«

»Ihre Damen haben mich freundlicherweise eingeladen. Ich wollte eben ...«

»Jetzt warte. Ich geh mit.« Thoma hängte seine Jacke über den Stuhl und setzte sich. »Aber erst brauche ich auch einen. Es ist stressig in der Stadt.«

Maja holte rasch eine weitere Tasse aus der Küche und

124

schenkte ein. Thoma ließ drei Stück Zucker hineingleiten und nahm einen kräftigen Schluck.

Karmann sah auf die Uhr. Allmählich wurde es knapp. Dieses Mal würde keine Ausrede helfen. Wenn die Uhr früher als vorgesehen auspendelte, war alles umsonst.

Er stand auf. »Ich muss leider los. Ich habe … in der Hütte etwas liegen lassen. Ich will hin, ehe es dunkel wird.«

Thoma trank mit einem zweiten Schluck seine Tasse leer und erhob sich ebenfalls. »Ich gehe mit. Da ist ein Loch in der Hinterwand, das will ich mir mal ansehen.«

Magda und Maja sahen sich an. Es war offensichtlich, dass sie Thomas Erklärung nicht ernst nahmen. Doch sie sagten nichts.

Der Regen vom Vortag hatte hier oben im Schwarzwald deutlichere Spuren hinterlassen als in Freiburg. Der Boden war übersät mit Herbstlaub, überall lagen abgebrochene Zweige. »Die müssen auch nicht alles wissen«, brummte der Bauer, als sie den kaum noch erkennbaren schmalen Pfad entlang stapften. »Und schon gar nicht das mit der Schiffsreise, merk dir das!«

»Klar, kein Problem!« Karmann kam sich irgendwie schäbig vor. Er wusste immer noch nicht, ob er Thoma die missglückte Aktion von gestern beichten sollte. Spätestens in der Hütte würde der Bauer sehen, dass der Holzstapel unter der Uhr deutlich verändert worden war.

»Das Holzscheit hab ich gesehen«, sagte Thoma und bog eine mit Regentropfen behangene Brombeerranke zur Seite. »Jetzt noch zwei.«

Klarheit. Selbstverständlichkeit. Auch Thoma hatte

ein Ziel vor Augen. Vielleicht sah er sich schon von steil abschüssigen Fjordwänden umgeben, über die gischtende Wasserfälle Hunderte Meter in die Tiefe stürzten. Sein Traum.

Wenn Karmann zu viel und zu lange nachdachte, verknoteten sich seine Vorstellungen. Wenn er den Handel platzen ließ, was geschah dann mit Thomas Traum? In gewisser Weise hatten sie sich beide gegenseitig in der Hand, und es war Karmanns Entscheidung, wie es weitergehen würde. Schritt für Schritt durch den Wald lief die Zeit, immer in eine Richtung, wie man sagte. Es gab kein Zurück. Kein Sprung nach hinten, um an einer entscheidenden Stelle neu zu beginnen. Kein Festhalten. Nichts ließ sich festhalten, nichts aufhalten.

Der Zeiger tickte, doch der Raum öffnete sich. Karmann musste sich entscheiden.

Karmann wusste genau, was er zu tun hatte. Tausende Male hatte er diesen vorsichtigen Griff geübt und vollzogen. Das Gewicht in der linken Hand, der Tannenzapfen aus Gusseisen, Körperlichkeit der Schwere, aber auch der Kraft, die der Welt unter seinen Füßen innewohnte, eine Kraft, die scheinbar nirgendwoher kam, die einfach da war.

Einfach. Da.

Dieser winzige Moment, in dem er den Zapfen aufhielt, das Uhrwerk ganz dem Schwung des Pendels überließ. Wenn er jetzt so verharrte, würde das Perpendikel die Herrschaft übernehmen, bedingungslos, beraubt des steten Ziehens, Drängens, Unaufhaltsamen. Das Hin und Her wäre sich selbst überlassen, frei und lustvoll schwin-

126

gen, ohne Sorge, ohne Ziel. Es würde seine Kraft verschenken, verschleudern, sinnlos, absichtslos.

Bis nichts mehr da war. Bis es zu Ende war.

Bis Stillstand kam.

Die rechte Hand zieht die Kette nach oben, nicht bis zum Anschlag, sie könnte sich verhaken. Ein bisschen Spiel lassen, ein bisschen Möglichkeit zulassen. Gleichgewicht zulassen. Dann wieder Schwere, noch mehr lassen, loslassen. Die Kraft der Erde übernimmt, eingefangen und reguliert von Unruh und Feder, geniale Idee und Konstruktion der unbekannten Alten vor langer Zeit.

Ticken. Das Herz schlägt weiter.

»Du machst das gut«, meinte Thoma. Karmann glaubte, eine Spur Anerkennung in seinen Worten zu hören. Als ob dem Bauern nicht nur wichtig war, dass Karmann die Aufgabe erfüllte, sondern ebenso die Art und Weise.

»Das Holz nimmst du trotzdem mit. Dann passt alles.« Er wandte sich zur Tür. Draußen hatte es wieder leicht zu regnen begonnen.

Kein Wort zu dem abgetragenen Holzstapel. Vielleicht dachte Thoma, dass eine seiner Frauen in der Zwischenzeit hier war. Vielleicht war es ihm nicht einmal aufgefallen.

»Eine Frage habe ich noch.« Karmann zog sich seine Jacke über den Kopf, während seine dünnen Schuhe in Sekundenschnelle durchweichten. »Die Schiffsreise. Wann können Sie denn? Besser gesagt, wann wäre es Ihnen recht? Was wünscht sich Ihre Frau?«

Thoma antwortete nicht. Karmann hatte das Gefühl, als sei sein Gang etwas schleppender geworden. Jetzt erst fiel ihm auf, dass er Thomas Frau überhaupt noch nicht zu Gesicht bekommen hatte.

»Meine Frau ...« Thoma zögerte. »Die Maria ...« Er blieb plötzlich stehen und drehte sich zu Karmann um. »Maria ist krank. Multiple Sklerose sagt der Doktor. Dummes Geschwätz. Sie kann einfach nicht mehr so. Ich weiß nicht ...« Wieder zögerte er. »Ich weiß nicht, wie lange es noch geht«, sagte er leise. Sein Atem wurde heftig, er musste sich an einem Baum abstützen. »Ich will ihr noch einmal eine Freude machen.«

Karmann nickte. Allmählich spürte er, dass hinter seinem Wunsch nach der Uhr viel mehr steckte, als er ursprünglich gedacht hatte. Als er mit seinem Wunsch an Thoma herangetreten war, hatte sich für ihn und seine Frau noch einmal ein Fenster geöffnet, mit dem sie kaum mehr gerechnet hatten.

»Also sobald es geht?«

»Sobald es geht.«

»Und Ihre Tochter? Ihre Enkelin?«

»Sie reden nicht gerne drüber. Maja sucht schon seit Monaten nach einem Arzt, der ihr helfen kann. Aber es sieht schlecht aus. Maria müsste fort, in eine Spezialklinik. Ins Allgäu.«

Karmann schluckte. Der Bauer hätte ebenso Amazonas oder Himalaya sagen können. Der Gedanke, dass seine Frau wegmusste, war für Thoma offenbar nicht zu ertragen. Fast hätte Karmann ihm zum Trost seine Hand auf die Schultern gelegt, doch er schreckte vom körperlichen Kontakt mit dem Alten zurück. Dafür suchte er nach einem hilfreichen Wort, aber ihm fiel nichts ein. »Es

128

tut mir leid« war eine Floskel, die er aus Fernsehen und Kino zur Genüge gehört hatte. Also ließ er es ganz sein.

In diesem Moment im Wald unter regennassen Bäumen entschied sich Karmann, die Geschichte laufen zu lassen. Sein Besuch auf dem Mathieshof hatte bereits mehr Schicksal aufgewirbelt, als er je geahnt hätte. Er beschloss, den Bauern zu unterstützen mit allem, was ihm möglich war. Notfalls mit einer Unwahrheit.

Kapitel 12: Münsterglocken (der dritte Tag)

Karmann erwachte noch vor der Zeit, die er sich auf dem Wecker gestellt hatte. 10 Uhr am Fischbrunnen. Er wollte den Termin auf gar keinen Fall versäumen.

Das Wetter war auf seiner Seite. Der Tag begrüßte ihn mit der herrlichen Herbststimmung, die er nur von hier, der südwestlichen Ecke des Landes, kannte. Leichte fedrige Wolken tanzten über den Himmel, ein lindes Blau erinnerte an die unzähligen Sonnentage, die er in diesem Jahr erleben durfte, nicht nur im Breisgau. Der Regen der letzten Tage hatte sich verzogen, die Stadt strahlte frisch gewaschen, die Luft war kühl und frisch.

Karmann kleidete sich sorgfältig an. Über ein weißes Hemd mit kaum wahrnehmbaren hellblauen Streifen streifte er die Weste, die er aus England mitgebracht hatte. Echter *Harris*-Tweet aus einem kleinen Geschäft in der Shaftsbury Avenue, das er bei seiner Anreise in London entdeckt hatte. Tartanmuster aus den Highlands, dunkelgrün auf whiskybraun, sehr dezent. Ein Jackett aus demselben Stoff, die Hose von *Barbour*, die Schuhe aus Italien.

Zufrieden sah er sich an. Es passte. Zumindest äußerlich würde er für einen guten Auftritt sorgen.

Der Fischbrunnen war gut, er besetzte in Karmann die wenigen positiven Erinnerungen an seine Studentenzeit. Damals, als die Stadt noch nicht so mit Touristen überrannt wurde wie heute, als noch mehr alemannische als spanische und chinesische Satzfetzen über den Wochenmarkt flogen und eine Lange Rote noch etwas Besonderes war.

»Mit Zwiebeln?« Diese Frage hörte man nur in Freiburg, und nur an den beiden Wurstständen auf der Nordseite des Münsterturms, der noch keine Baugerüste trug.

Der Fischbrunnen war beliebt, sie saßen auf dem Rand, tranken Wein aus der Flasche und beobachteten den Wochenmarkt, der eigentlich anders heißen müsste, denn es gab ihn täglich, die regionalen Beschicker, von denen die meisten aus einer der kleinen Kaiserstuhlgemeinden kamen, auf der Nordseite vor dem alten Kornhaus, alle anderen gegenüber vor dem historischen Kaufhaus mit seiner rot-goldenen Fassade.

Karmann fragte sich, was Margarethe mit dem Fischbrunnen verband, außer dass sie ihn als markantes Freiburger Wahrzeichen kannte. Ein seltsamer Gedanke, vielleicht hatten sie sich bereits vor all den Jahren gesehen und waren sich nie begegnet. Was wäre gewesen, wenn Karmann sie schon damals gekannt hätte?

Der Zeiger rückte voran. Karmann hatte heute auf seinen Digitalchronometer verzichtet, um sein Handgelenk wand sich ein dunkles Lederarmband mit einer echten

Patek Philippe von 1953, ein Mitbringsel seines Parisausflugs vor vier Jahren, auf das er nicht wenig stolz war.

Der schmale Zeiger rückte auf die Zehn zu. Karmann wusste nicht, aus welcher Richtung Margarethe auftauchen würde. Sein Blick strich langsam über den Marktplatz mit den bunten Ständen, von den gotischen Strebepfeilern an der Münsternordseite über die vielen Cafés, die bereits jetzt am Vormittag gut besucht waren. Kleine Kinder jagten mit roten Wangen den allgegenwärtigen Tauben hinterher, für die jeder Markttag einen reich gedeckten Tisch bereithielt.

»Wartest du schon lange?«

Karmann fuhr herum. Margarethe stand vor ihm. Sofort rutschte er vom Brunnenrand herunter. Augenkontakt. Die Hand geben? Umarmen?

Margarethe nahm ihm die Entscheidung ab. Sie schlang die Arme um seinen Hals und drückte ihn an sich.

»Warum nicht?«, lachte sie, »schließlich sind wir Geschwister.«

Karmann sah für einen Moment etwas verdutzt drein, doch er fing sich rasch.

»Natürlich, klar. Gut siehst du aus.« Er konnte sich das Kompliment nicht verkneifen. Im Gegensatz zu den beiden Malen auf dem Friedhof und in Leitmeiers Kanzlei kam sie Karmann heute deutlich lebendiger vor. Sie trug ein türkisfarbenes Kostüm, darüber einen leichten Regenmantel. Unterm Arm hatte sie einen Schirm.

Margarethe lächelte.

»Wenn du das sagst! Schön, dich zu sehen. Was wollen wir unternehmen?«

Karmann wusste nicht, was er antworten sollte. Für ihn war wichtig, dass sie sich überhaupt getroffen hatten, über alles andere hatte er sich keine Gedanken gemacht. Aber sie waren in Freiburg, und Freiburg war eine attraktive Stadt, die Tausende Besucher anlockte.

»Wir könnten ein wenig bummeln, in den Stadtpark zum Beispiel, oder runter zur Dreisam. Oder mit der Bahn hoch auf den Schlossberg, dort gibt es eine super Aussicht.«

»Warum nicht?« Margarethe hakte sich bei Karmann unter. »Aber zuerst habe ich Lust auf einen Kaffee. Einen guten.«

Karmann musste nicht lange überlegen.

»Da weiß ich etwas. Ein paar Schritte durch die Stadt.«

Das winzige Café unterhalb des Martinstors war bis auf den letzten Platz besetzt, doch sie hatten Glück. Gerade erhob sich ein älteres Ehepaar von der Sitzbank am Fenster. Die Frau trug das Kaffeegeschirr zurück zum Verkaufstresen, während der Mann mühsam mit seinen Stöcken zum Ausgang tastete. In der Luft hing der aromatische Geruch von frisch aufgebrühtem Kaffee.

»Setz dich, ich hole uns etwas.« Karmann drängte sich zur Kasse und kam nach kurzer Zeit an den kleinen Tisch zurück.

»Du hast mich gar nicht gefragt, was ich gerne möchte«, lächelte Margarethe.

»Lass dich überraschen. Die erste Station auf unserer Kennenlernreise.« Karmann stellte das winzige Tablett auf den Tisch. Der Kaffeeduft über ihrem Platz wurde intensiver. »Espresso Macchiato mit Cantucci. Gut getippt?«

»Genau das Richtige.« Margarethe nippte an dem heißen Getränk und stieß einen Seufzer der Erleichterung aus. »Der Kaffee im Hotel heute Morgen war eine Zumutung. Du hast mich gerettet.«

Karmann nickte zufrieden. Es fing gut an.

Karmanns Befürchtungen zerstreuten sich rasch. Insgeheim hatte er befürchtet, dass ihr Treffen eine zähe und steife Angelegenheit werden könnte. Schließlich konnte er sich nicht sicher sein, ob Margarethe über das plötzliche Auftauchen eines Bruders erfreut sein würde.

Er selbst war sich sicher von dem Moment an, als er sie zum ersten Mal gesehen hatte. Als Karmann klein war, war er stets im Mittelpunkt gestanden, alle Wünsche waren ihm erfüllt worden. Es gab keine Konkurrenten in der Zuneigung der Eltern, Großeltern und Tanten. Der Wunsch nach einem Geschwister war nie ein Thema gewesen. Wie selbstverständlich hatte er sich so an die Prinzenrolle gewöhnt, sich nicht einmal vorstellen können, die Familienwelt zu teilen.

Jetzt gab es Margarethe. Natürlich waren sie keine Kinder mehr, und das war gut so. Er konnte ihr begegnen wie einer Freundin, vielleicht sogar wie einer unerreichbaren Geliebten. An der Vergangenheit änderte sich dadurch nichts. Für die Zukunft hatte er etwas dazugewonnen.

Sie redeten nicht viel. Noch lag ein fein und dicht gesponnenes Tuch über ihrer Begegnung, gewoben aus zarten Möglichkeiten, die wie Silberfäden aufleuchteten. Eine kindliche Scheu schob sich vor die Erfüllung ihrer Neugier nach dem anderen.

»Verweile doch! Du bist so schön! Dann magst du mich in Fesseln schlagen, dann will ich gern zugrunde gehn!« Den Spruch hatte Karmann in der Schule gelernt, er wusste nicht mehr, woher er stammte, und hatte ihn lange vergessen. Doch jetzt war es wieder einmal so weit. Karmann war glücklich.

»Weißt du, was ich in Freiburg schon immer mal machen wollte?« Margarethe griff nach Karmanns Hand und zog ihn zurück an den Tisch. »Das Münster. Ich möchte gerne mal den Turm hoch.«

»Den Turm?«

»Ja. Einmal die uralte Treppe nach oben steigen wie die Menschen vor 100 Jahren. Der Ausblick muss überwältigend sein!«

Karmann schluckte. Der Glockenturm, alleine das Wort verhieß nichts Gutes.

Sofort schossen ihm Gedanken durch den Kopf. Keine angenehmen. Zweimal war er oben gewesen, eine mühsame Plage und eine Katastrophe. Ein Ausflug mit Tante Martha und Onkel Leo. Beide waren zu Besuch, als Karmann fünf Jahre alt war. Sein Vater hatte darauf gedrängt, dass er mitkäme, als Leo den Wunsch äußerte hochzusteigen. Die Stufen waren ihm vorgekommen wie ein Albtraum, eng, von nacktem, dunklem Stein umgeben, kein Ende, ständig drängten sich Besucher um ihn herum. Am Ende hatte er vor Anstrengung geweint.

Der Schulausflug mit 15. Heimatkunde. Herr Lindenmann, der Heimatkundelehrer in der dritten Generation, Freiburger Urgestein, ausgewiesener Liebhaber der Stadt, insbesondere der Geschichte des Münsters. »Es

135

müsste eigentlich Kathedrale heißen, denn Freiburg ist seit 1827 Bischofssitz. Aber kein Mensch nennt es so.« Dabei hatte er gegrinst wie ein Drittklässler, der eben seiner Mitschülerin in der Bank vor ihm an den Haaren gezogen hatte.

Karmann hatte all dies überhaupt nicht interessiert, vor allem nicht, weil zu Beginn des neuen Schuljahres Meike in die Klasse gekommen war, zugezogen aus Hannover und der sofortige Schwarm sämtlicher auf dem Weg zur Männlichkeit stolpernden Mitschüler. Gernot hatte sich an sie herangeschmissen, geschickt abgewartet und sich interessant gemacht, dann beim Münsterbesuch zugeschlagen. Unter dem erbarmungslosen Geläut der Riesenglocken unterm Dach hatte Karmann mit ansehen müssen, wie Meike und er sich umarmten und sie sich sogar küssen ließ. Seither war der Münsterglockenturm endgültig vergiftet.

»Du möchtest auf den Turm steigen? Ich weiß nicht, ob das eine gute Idee ist. Jede Menge Leute, ein unangenehmes Gedränge da oben. Und so toll ist die Aussicht auch nicht. Wir könnten den Schlossberg hoch. Von dort kannst du bis ins Elsass sehen.«

»Ach komm!« Margarethe stand auf. »Das wird bestimmt prima. So ein Turm ist etwas ganz Besonderes.«

Karmann versuchte es ein letztes Mal. »Wir könnten zuerst etwas essen gehen. Es gibt einen hervorragenden Türken unten am Bahnhof.« Im Stillen hoffte er, dass er Margarete spätestens bis dann von ihrem Vorhaben abgebracht haben würde.

»Wir gehen auf den Turm.« Margarethe klang entschlos-

136

sen. Ihre Stimme schwang zwischen Leichtigkeit und einer Bestimmtheit, die keinen Widerspruch zuließ.

Karmann wollte es nicht darauf anlegen. Vielleicht war dies ja die Chance, das alte Trauma aufzulösen. Für den Weg zum Münster wählte er die kleinen Gassen um die Gerberau und den Augustinerplatz. Margarethe war begeistert von den vielen kleinen Geschäften. »Hier will ich noch einmal her, später vielleicht.«

Karmann machte gute Miene zu der Verzweiflung, die sich in ihm breitmachte. Zurück auf dem Münsterplatz machte er einen letzten Versuch. »Magst du nicht lieber alleine ...«

Es half nicht. Margarethe stand bereits in der hölzernen Zugangspforte zur Turmtreppe. »Bist du etwa zu faul? Oder hast du Sorge wegen deiner Schuhe?«

Karmann brummte etwas Unverständliches und stapfte hinterher. Natürlich war es kindisch, wegen ein paar Erinnerungen aus lang vergangenen Zeiten zu zicken, als habe er die Pubertät noch immer nicht ganz abgeschlossen. Er würde Margarethe begleiten, sie würden die Glocken hören, den Ausblick genießen und vor dem Abstieg eine Ansichtskarte in der Türmerstube kaufen. Das sollte ihm wohl gelingen.

Nachdem er sich damit abgefunden hatte, drängte sich ihm viel mehr der Gedanke an die Uhr auf. Heute war der dritte Tag, an dem er sie aufziehen sollte. Dieses Mal wollte er weder zu spät kommen noch sonst etwas Unvorhergesehenes riskieren.

Vielleicht sollte er Margarethe zu einer Spritztour in den Schwarzwald einladen. Ein rustikaler Bauernhof, ein Spa-

137

ziergang durch den Wald, danach einen Kaffee und vielleicht einen selbst gebackenen Kuchen von den Damen des Hauses, wenn er Glück hatte.

Dabei wusste er immer noch nichts über Margarethe. Ihr offenes Wesen war eine Überraschung für ihn, es war, als bliese ein frischer Wind in seinen festgefahrenen Alltag. Aber das war auch schon alles.

Und sonst? Wo wohnte sie? Hatte sie einen Partner? Einen Beruf? Sorgen? Ängste?

Wenn sie es bei der kurzen Begegnung beließen, was würde als Erinnerung bleiben? Vielleicht war es sogar besser, wenn er von alldem nichts wüsste.

200 Stufen. Rechtsherum.

Noch eine Runde und noch eine und noch eine. Die Glöckner der alten Tage mussten eine gute Kondition haben. Keine Schwindelanfälle. Keine Höhenangst.

Noch eine Runde.

Das dunkle Mauerwerk wird unterbrochen von Fenstern, Öffnungen, die Licht hereinlassen, Durchbrüche, die die Hoffnung auf den Himmel nähren, den der Gekreuzigte verheißt und dem sich der Glöckner nähert. Jeden Tag.

Noch eine Runde und noch eine.

Wie hoch ist er jetzt? Die Treppe dreht sich, eine Spirale, knirschend und stöhnend. Er steht still, alles steht still, die Spirale dreht sich weiter. Himmelsleiter. Damals in den heiligen Schriften, heute in der Musik. Stairway to heaven. Neue Engelwesen, die zu anderen Göttern beten.

Noch eine Runde.

138

»Kommst du?«

Margarethe stand auf einem winzigen Treppenabsatz. Die Stimme hallte seltsam ungewohnt wider von der nackten Wand. Ihr Gesicht war gerötet, sie atmete schwer.

Karmann war sofort hellwach. »Was ist los? Geht's dir nicht gut?« Er erlaubte sich, ihre Hand zu nehmen und zart zu drücken. Sie zitterte.

»Es geht schon«, stieß Margarethe hervor. »Die Lunge. Beim Treppensteigen, immer wieder. Die Begeisterung, ich war zu schnell.«

Die Sätze kamen langsam, abgehackt. Karmann glaubte, ein leises Rasseln zu hören. Kein gutes Zeichen.

»Kann ich dir helfen? Soll ich dir etwas zu trinken holen?« In diesem Moment war der Gedanke an die 200 Stufen wie weggewischt. Er machte sich ernsthaft Sorgen.

Margarethe griff in die Tasche ihres Mantels und zog einen kleinen Inhalator hervor. Gleich darauf setzte sie das Gerät an die Lippen, drückte zweimal nacheinander und atmete tief ein. Karmann trat nun ganz dicht an sie heran, um sie vor den andrängenden Besuchern abzuschirmen, die sich von oben und unten an ihnen vorbeischoben. Das Spray entfaltete sofort seine Wirkung. Margarethe entspannte sich.

Karmann umfasste sie immer noch. Die Wärme ihres Körpers umfasste ihn wie eine weiche Decke. Er spürte, wie ein Kribbeln in ihm aufstieg. Ihre Wangen waren dicht aneinander, ihr Atem wehte warm über sein Gesicht.

Margarethe hob die Augen, ihre Blicke trafen sich, wichen sich wieder aus. Margarethe legte ihren Kopf an Karmanns Schulter und drehte das Gesicht zur Seite. Ihre Haare kitzelten in seiner Nase. »Asthma«, sagte sie so leise, dass er es kaum hörte. »Seit ich klein war.«

Sie richtete sich auf und ließ Karmann los. Mit den Händen strich sie über ihre Bluse, um sie wieder in Form zu bringen. »Es geht wieder, wir wollen weiter.« Schon drehte sie sich um und begann erneut, die steinernen Treppen emporzustapfen.

Karmann musste zuerst eine Schar japanischer Touristen an sich vorüberlassen, ehe auch er sich wieder in Bewegung setzte.

Eine Runde und noch eine Runde.

Sein Herz klopfte. Seine Schwester. Eine Frau.

Eine attraktive Frau.

Seine Gedanken schwangen sich im Rhythmus der Treppenspirale. Eine Runde und noch eine Runde. Eine attraktive Frau.

Der Hauch. Die Wärme.

Das polyglotte Stimmengemurmel schwoll an, unvermittelte Helle über ihm, Kunstlicht. Die Treppe war zu Ende. Endlich.

Mit einem Seufzer der Erleichterung betrat Karmann den Raum, der sich um ihn herum auftat. Nach der Enge der Turmtreppe musste er sich neu orientieren. Langsam formten sich die vagen Skizzen um ihn herum zu Gegenständen. Glocken, Hämmer, Schlegel, ein riesiger Metalltrichter, Gefäße, Körbe zwischen mächtigen dunklen Holzbalken, manche dezent angestrahlt durch eine verborgene Leuchte. Ein Raum im Raum mit einer Tür, einem Fenster, Postkartenständer, Bücher, Broschüren, Drucke, Bilder, CDs, winzige Fähnchen. Und überall Menschen. Es war ihm, als sei er plötzlich zurück auf den Münsterplatz gesprungen. Ein Gedränge und Geschiebe, Jacken, Taschen, Rucksäcke, Handys, Stimmengewirr.

Seine Erinnerung kehrte zurück. Dieses war die Türmerstube, einst Heimat und Arbeitsstätte des Glöckners, der für die Stadt der Hüter der Zeit war.

Sofort suchte er nach Margarethe. Sie hielt sich an einer Vitrine fest. »Zum Löschen.« Margarethe deutete auf die ausgestellten Eimer. »Ich frage mich nur, wie sie das Wasser hier hochbringen wollten. Wenn es gebrannt hätte, wäre wohl alles vergeblich gewesen.« Sie versuchte, sich die Anstrengung nicht anmerken zu lassen, doch Karmann spürte, dass es ihr nicht gut ging.

»Kein guter Job für die Türmer damals. Bei Wind und Wetter hier oben, Ausschau halten nach Feinden und Bränden, alle Viertelstunden die Glocke schlagen.« Karmann wollte Margarethe wieder in den Arm nehmen, doch er scheute sich.

Die Schwester. Eine attraktive Frau.

»Ist doch toll, dass wir es bis hier hoch geschafft haben.« Margarethe deutete auf eine schmale Holztreppe in der Wand hinter dem Kiosk. »Hier geht's noch ein kleines Stück weiter. Zu den Glocken. Die will ich unbedingt sehen. Wäre ja schade um die ganze Anstrengung.«

Karmann nickte. »Na schön, wenn es dir nichts ausmacht.«

Margarethe war bereits voraus. Karmann hatte gehofft, dass ihm das erspart bliebe. Damals hatte ihr Heimatkundelehrer sie bis zur vollen Stunde ausharren lassen, um das »sinnliche Erlebnis des Mittelalters« am eigenen Leib zu erfahren, wie er es formuliert hatte. Die meisten seiner Mitschüler fanden es aufregend und erzählten noch Wochen später von dem »Mordskrach«, den sie erlebt hatten. Karmann hatte sich die Ohren zugehalten und war fast gestorben.

Als er die letzte Treppenstufe geschafft hatte, kehrte die Erinnerung mit voller Wucht zurück.

Schon der Anblick der mächtigen Metallkörper war schwer zu ertragen. Lediglich durch eine einfache Balustrade getrennt, waren die Glocken für die Besucher zum Greifen nah. Die Glocken hingen reglos vor ihm und über ihm in einem Gestell aus armdicken Balken, fest ineinandergefügt seit Hunderten von Jahren. Durch das durchbrochene Turmdach warf die Mittagssonne scharfe Strahlen auf die glatte Oberfläche. Das Metall schimmerte unheimlich. Die Klöppel hingen bewegungslos nach unten, als bewachten sie die Stille, die nur vom gelegentlichen Ächzen der Zeit in den Balken bewegt wurde.

Karmann erinnerte sich, dass die größte Glocke sogar einen Namen hatte. Die Hosanna war die älteste, die größte, die lauteste. Sie durfte es hinausschlagen in die Welt, Glockenschläge zur Verkündung des Ruhmes der Kirche und der göttlichen Verheißung.

3.290 Kilogramm. Herr, hilf!

Auch hier oben im Glockengestühl drängten sich die

Besucher. Karmann zwängte sich durch schwitzende Leiber und erwartungsvolle Blicke. Margarethe stand mit dem Rücken an einen mächtigen Stützbalken gelehnt und winkte ihm zu. »Es ist gleich 12 Uhr«, rief sie ihm entgegen. »Ich bin total gespannt!«

Es gab kein Entkommen. Keine Nische, in der er sich verbergen konnte, kein Bretterverschlag, kein Schutz.

Digitalisierungszeitalter. Alle tragen dieselben aus der Ferne gesteuerten Armbanduhren und Handydisplays. Der Countdown beginnt.

Ten – nine – eight … Die Stimme des Einen wird zum Chor.

Sept – six – cinq … Internationalität. Jeder will dazugehören. Quattro – tre – due … Gleich.

Spannung. Ausholen.

Zwei – eins …

Erlösung.

Der Ton kommt aus dem Nichts, irgendwoher, baut sich auf, macht sich breit, erfüllt, durchdringt. Der Raum verengt sich zum Greifen. Das Zittern erreicht ihn von allen Seiten, eine Wolke aus vibrierenden Zungen stülpt sich über ihn, setzt jede Faser seiner Haut in Erregung, dringt nach innen, schwallt mit seinem Blut in Arme, Beine, Schultern, das Herz schwillt an, greift nach seinen Gedanken, zerschmettert die Bilder in tausend mal tausend Splitter. Der zweite Ton verwischt die Tafel, bunter Nebel gemischt mit Schmerz. Der dritte Ton hat keine Eigenschaften mehr, er ist und sonst nichts.

Vier.
Fünf.
Eins und Alles.

Karmanns Knie schmerzten. Er fand sich auf dem Boden
unter dem Geländer wieder, gestützt auf seine Arme,
schwerer Atem. Die Luft vibrierte, schwang langsamer,
das Echo der Glocken tropfte langsam zu Boden, setzte
sich fest im alten Holz des Dachgestühls.

Es war vorüber.

Karmann fiel es schwer, die Benommenheit aus seinem
Kopf zu drängen. Er stemmte sich nach oben und fand Halt
auf wackligen Beinen. Sein Blick suchte seine Begleiterin.

Margarethe saß auf dem hölzernen Boden, ihr Rücken
lehnte an einer Kiste, ihr Kopf war seltsam nach der Seite
geneigt. Karmann stolperte zu ihr, ging auf die Knie, tät-
schelte vorsichtig ihre Wangen. »Margarethe, was ist? Ist
dir nicht gut?«

Ihr Kopf rutschte noch weiter zur Seite, ihre Lider
waren gesenkt, als ob sie mit offenen Augen träumte. Karmann starrte auf dunkelrote Flecken auf ihrem Hals. Ihre
Stirn war bleich und mit kaltem Schweiß überzogen.

»Weh. Es – tut – weh!« Kurze Atemstöße zwischen her-
vorgepressten Silben. »Mein Herz!«

Karmann war mit einem Mal hellwach. Mit einem Satz
sprang er auf, schob die glotzenden Besucher beiseite und
eilte die Treppenstufen hinunter in die Türmerstube.

»Ein Unfall, rasch!«, schrie er dem verdutzten Verkäufer zu. »Machen Sie etwas! Einen Arzt! Den Notdienst!
Irgendetwas!« Er fühlte sich völlig hilflos.

144

Die Frau hinter der Theke kam zu ihm heraus. »Was ist los?«

»Sie müssen helfen! Ich weiß nicht, was los ist. Sie stirbt!«

»Der Mann hat recht«, klang eine Stimme neben ihm. Ein hochgewachsener Mann tauchte plötzlich auf. Er klang ernst und bestimmt. »Ich bin Arzt. Eine Frau ist zusammengebrochen. Verdacht auf Herzinfarkt.«

Karmann war verwirrt und dankbar um die Hilfe. Gleichzeitig wurde ihm erschreckend bewusst, wo sie sich befanden. Eisige Furcht überfiel ihn. Es würde ewig dauern, bis Hilfe auf den Turm kam. Und wie wollte man Margarethe nach unten befördern, in einen Rettungswagen, in ein Krankenhaus? Bei einem Infarkt zählte jede Minute.

Die Frau aus der Türmerstube reagierte sofort, nachdem der Arzt mit ihr gesprochen hatte. Sie sprach einige hastige Sätze in ihr Mobiltelefon, dann wandte sie sich zu Karmann. Der Arzt war die Stiege hochgeklettert.

»Das wird schon«, versuchte sie ihn zu beruhigen. »Wir kümmern uns darum. Am besten ist, Sie gehen zu ihr, bis die Rettung kommt.«

Karmann hatte keine Ahnung, was sie damit meinte. Er schwankte zwischen höchster Erregung und abgrundtiefer Verzweiflung. Feuerräder drehten sich vor seinen Augen. Musste es so enden? Der verfluchte Turm! Er hatte es gespürt, er hatte es gewusst, er hatte es geahnt ...

Die Türmerin versuchte, die Neugierigen höflich, aber mit Nachdruck aus dem Raum unter dem Glockengestühl zu verweisen. Als Karmann an Margarethes Seite kniete, hatte sie der Arzt in eine bequeme Stellung gebracht

145

und ihr die Kleidung gelockert. »Ich habe ihr eine Spritze gegeben, um den Kreislauf zu stabilisieren«, sagte er und klopfte auf seine Brusttasche. »Ein Notset habe ich immer dabei.«

Karmann setzte sich neben Margarethe auf den Boden und bettete ihren Kopf an seiner Schulter. Die Worte des Arztes klangen beruhigend. Dennoch spürte er seine Verzweiflung.

Margarethe.

Schwester.

Eine attraktive Frau.

Herzinfarkt.

Tod.

Wie im Traum sah er die Ereignisse an sich vorüberziehen. Wie plötzlich rot gekleidete Rettungssanitäter neben ihm standen, wie eine Klappe im Boden geöffnet wurde, wie Margarethe sanft von ihm gelöst und in die Türmerstube abgelassen wurde, Rettungskräfte der Bergwacht, das Geräusch eines Hubschraubers.

Wie er selbst wieder nach unten gekommen war, wusste er nicht mehr. Die Ereignisse der letzten Stunde waren ausgelöscht. Irgendwann sprach ihn einer der Rettungssanitäter an. »Ihre Frau ist auf dem Weg in die Klinik. Es geht ihr den Umständen entsprechend. Sie können jetzt nichts tun. Sollen wir Sie nach Hause bringen?«

Karmann schüttelte den Kopf. Er fühlte sich ausgepumpt und leer. Das Schlimme war, dass der Mann recht hatte. Er konnte nichts tun.

»Welche Klinik?«

»Uniklinik.«

Karmann nickte. Er hatte keine Ahnung, was er jetzt tun sollte. Mehr aus Höflichkeit denn aus Überzeugung bedankte er sich. Dann drehte er sich um und lief in Richtung Stadtpark. Dorthin, wo er Margarethe heute Morgen getroffen hatte.

Eine Stunde später hatte sich Karmann so weit gefangen, dass er wieder Auto fahren konnte. Vorsichtig steuerte er durch die regennassen Kurven. Die Straße war an manchen Stellen mit angewehtem Herbstlaub überzogen, er musste aufpassen, nicht ins Rutschen zu kommen.

Am Telefon hatten sie ihm nur eine vage Auskunft gegeben. Ihr Zustand sei »unter Kontrolle«. Das konnte alles heißen. Kein Gut, kein Schlecht, keine Prognosen. Die Schwester war höflich, ein Arzt ließ sich nicht sprechen.

Er solle Geduld haben.

Karmann kam sich hilflos vor, auf eine seltsame Weise überflüssig. Das Schicksal hatte eingegriffen, und er war nicht gefragt worden. Hatte er alles richtig gemacht? Das Treffen mit Margarethe – hatte es überhaupt nicht erst alles in Gang gebracht? Hätten sie sich nicht getroffen, wäre Margarethe nicht auf einen Stadtbummel gegangen, wäre nicht auf den Turm gestiegen, wäre nicht außer Atem gekommen, hätte sie nicht die Glocken hören wollen, wäre ihr Herz nicht in ungewohnter Weise gefordert gewesen. Seit ihrem Telefonat gestern war der Schicksalsfaden gesponnen und ausgebreitet worden, Knoten für Knoten lag vor ihm, er hatte alles geschehen lassen. Dabei hätte er es sehen müssen. Sehen, dass ihrer beider Treffen nicht ohne Folgen bleiben konnte. Sehen, dass ihre Gesundheit angegriffen war. Sehen, dass seine Gefühle fehl am Platz waren, dass er sie hätte unterdrücken, ignorieren sollen.

Heute war der dritte Tag mit dem dritten Versuch, die Uhr bei Thoma am Laufen zu halten. Eine Uhr, die ablief, wenn er nichts dafür tat. Ein Leben, das sich dem Ende zuneigte, wenn nichts geschah. Es war nicht dasselbe, es hatte nichts miteinander zu tun. Karmann wusste es, er war kein Traumtänzer, keiner, der auf metaphysischen Wegen herumstolperte.

Dennoch trieb es ihn vorwärts. Er musste etwas tun, und wenn er es sich selbst einredete, dass seine Handlung zum Erfolg führte.

Musste.

Vor Jahren hatte er einen Film gesehen, alt, schwarzweiß, stumm mit gelegentlichen Texttafeln. Eine Frau, die um das Leben ihres Geliebten bangt. In ihrer Verzweiflung sucht sie überall, bis sie den Tod findet und mit ihm spricht. Er führt sie in eine riesige Höhle, voller brennender Kerzen, Hunderte, Tausende, Abertausende. Die Lebenslichter der Menschen.

»Welche gehört meinem Geliebten? Wo ist sie? Zeige sie mir!«

Der Tod nimmt sie an die Hand, führt sie durch das Lichtermeer, vorbei an den Kerzen – große, dicke, dünne, blaue, durchsichtige. Alle verschieden, alle verschieden lang. Manche flackern hell auf, manche leuchten dumpf, manche zucken.

»Zeige sie mir!«

148

Der bullige SUV vor ihm bremste abrupt, die Rücklichter leuchteten grell auf. Karmann riss das Lenkrad des Jaguar herum, der Wagen drehte sich, schleuderte auf die Gegenseite, ein dumpfer Knall neben ihm.

Karmann atmete schwer. Er hielt das Lenkrad umklammert, seine Stirn dröhnte, der Sicherheitsgurt schnitt schmerzhaft in seine Brust. Nach ein paar Augenblicken ließ er los und öffnete mit zitternden Händen die Wagentür. Der SUV klebte an der Leitplanke, die Tür stand offen, eine Frau saß vornübergebeugt auf dem Fahrersitz.

»Das verdammte Reh«, keuchte sie. »Ich konnte eben noch ausweichen.«

Karmann half ihr aufzustehen. Sie war etwas benommen, aber es schien ihr nichts passiert zu sein. Von dem Reh war nichts zu sehen.

»Danke, geht schon«, stieß sie hervor.

Auf der Gegenfahrbahn standen inzwischen zwei weitere Autos. Einer der Fahrer kam auf sie zu. »Kann ich helfen?«

Karmann war froh um die Unterbrechung. Die Geschichte wiederholte sich. Ein Reh. Ein liegen gebliebenes Auto. Die Fahrerin ratlos.

Der Mann ging um den SUV herum. »Es sieht gar nicht so schlecht aus. Versuchen Sie, ob er noch fährt.«

Die Erleichterung war der Frau anzumerken. Sie stieg ein und startete den Motor. »Wir müssen schieben.« Der Mann aus dem Wagen zog Karmann am Arm hinter das Auto, das immer noch halb unter der Leitplanke eingeklemmt war. Ein dritter Helfer kam dazu.

»Gas geben! Nicht zu viel, ganz vorsichtig!«

Sie mussten sich nicht zu sehr anstrengen. Mit einem Ruck kam das Fahrzeug frei. »Bis St. Peter sind es nur noch zwei Kilometer. Fahren Sie langsam dorthin, gleich am Ortseingang ist eine Werkstatt. Lassen Sie vorsichtshalber nachsehen, ob nichts Schlimmeres passiert ist.«

Innerhalb weniger Minuten hatte sich die Situation aufgelöst. Karmann war erleichtert. Er hatte hier nichts mehr zu tun. Doch er wusste, wo er jetzt gebraucht wurde.

Er stieg wieder ein und startete den Motor. Es war nicht einfach, auf der engen Straße zu wenden, doch schon nach zwei Versuchen stand der Jaguar in die richtige Richtung. Er schnurrte wie eine Katze, als er durch die Nachmittagsdämmerung zurück ins Tal fuhr.

Karmann hatte Glück und fand einen Parkplatz nur wenige Schritte vom Eingang zur Notfallaufnahme der Freiburger Uniklinik. Hingegen dauerte es eine Weile, bis er sich zu einem Schalter durchgefragt hatte, an dem er eine Auskunft bekam.

»Die Untersuchungen laufen«, war die lapidare Antwort der Dame, der sichtlich anzumerken war, dass sie eine solche Auskunft in immer wiederkehrender Form seit Jahren erteilte. Ein Besuch sei derzeit nicht möglich, Karmann möge seine Kontaktadresse hinterlassen, man würde ihn informieren, sobald man Näheres wisse.

Es halfen keine Bitten und keine Drohungen, Karmann musste sich mit der Auskunft zufriedengeben. Mit gesenktem Kopf schlich er zurück zum Wagen. Was blieb, war die Hoffnung auf kompetente Ärzte und Margarethes Lebenswillen.

Karmann war hundemüde, als er nach Hause kam. Er nahm ein handwarmes Bad mit einer Lavendel-Verbene-Kräutermischung und legte sich früh schlafen.

An diesem Tag hatte er genug erlebt für drei Tage.

Kapitel 13:
Lebenslichter

Die Höhle ist riesig, überall brennen Kerzen, Hunderte, Tausende, Abertausende. Die Lebenslichter der Menschen.

»Welche gehört Margarethe? Wo ist sie? Zeige sie mir!«

Der Tod nimmt ihn an die Hand, führt ihn durch das Lichtermeer, vorbei an den Kerzen – große, dicke, dünne, blaue, durchsichtige. Alle verschieden, alle verschieden lang. Manche flackern hell auf, manche leuchten dumpf, manche zucken.

»Zeige sie mir!«

Auf einem kniehohen Stein in einer Felsennische brennt eine Kerze. Ein Stummel, kaum noch steht der Docht aufrecht, ringsum ist Wachs gelaufen, weißes Blut geronnen.

Karmann kann es nicht glauben. »Ist …?«

»Dies ist die Kerze der Frau, die du liebst.« Die Stimme des Todes hallt hohl und vibrierend von den Wänden. »Es geht zu Ende.«

»Nein! Nein!« Karmann ist verzweifelt. Er wirft sich dem Tod zu Füßen, umklammert seine Knie, birgt das Gesicht in den tiefen Falten des dunklen Rocks. Dann springt er auf. »Nimm eine andere«, keucht er, »nimm das Licht, setz es neu auf, lass es weiterbrennen!« Er greift nach einer der unzähligen Kerzen, die stapelweise herumliegen, neu, ungebraucht, zwängt sie dem Tod in die Hand.

»Du musst es tun! Du musst! Sonst töte ich dich!«

Der andere lacht ein dumpfes, beängstigendes Lachen.

»Freund Hein kann keiner töten.« Er dreht sich um den Stein, seine Sense streift den Kerzenstummel, die Flamme erlischt.

»Rasch! Rasch!« Karmann schreit es hinaus. »Zünde sie wieder an!«

Karmann springt auf, greift nach der Kerze, greift ins Leere.

Der Tod wendet sich ab. »Keiner kann den Gevatter überlisten.«

Natürlich galt sein erster Anruf am Morgen der Sorge um Margarethe. Doch es ergaben sich Schwierigkeiten, mit denen er überhaupt nicht gerechnet hatte.

»Wir können Ihnen keine Auskunft geben, schon gar nicht am Telefon«, sagte eine freundliche und dennoch geschäftsmäßige Frauenstimme am Telefon. »Nur Familienangehörige. Datenschutz, Sie verstehen.«

»Aber ich bin ...«

»Es tut mir leid.«

Karmann unterdrückte einen Fluch. Sofort begann er fieberhaft zu überlegen, was er tun konnte. Schließlich rief er Leitmeier an.

»Das Krankenhaus hat leider recht«, sagte der Notar. »Aber es gibt Möglichkeiten. Kommen Sie doch nachher kurz in die Kanzlei, sagen wir um 10 Uhr.«

Karmann bedankte sich. Zwei Stunden warten. Und dann immer noch nichts wissen. Die Gewissheit, nichts tun zu können, ließ ihn verzweifeln. Er tigerte in seinem Haus umher und verlor sich in unwichtigen Tätigkeiten. Er putzte dreimal nacheinander seine Zähne, lief zum Briefkasten, obwohl die Post nie vor der Mittagszeit kam, steckte eine Scheibe Brot in den Toaster und vergaß sie. Immerhin gelang es ihm im zweiten Versuch, eine Tasse Tee aufzubrühen. Duft und Geschmack der frischen Assammischung beruhigten ihn einigermaßen.

Dennoch liefen seine Vorstellungen auf Hochtouren. Vor allem das Bild der Höhle mit den brennenden Kerzen schob sich immer wieder in sein Bewusstsein. Was hatte das zu bedeuten? War es ein Trugbild, das ihn seine Befürchtungen in einer zitternden Zwischenwelt erleben und erleiden ließ? Oder war es ein hellsichtiger Traum, der das Fenster in die Zukunft für einen winzigen, hässlichen Spalt geöffnet hatte?

Karmann musste sich ablenken. Er versuchte, sich die wenigen Bilder und Sätze aus der Glockenstube in die Erinnerung zu rufen. Margarethe war beim Läuten der Hosanna zusammengebrochen. Zuvor hatte sie bereits auf der Treppe schwer geatmet, musste sogar ihr Asthmaspray zu Hilfe nehmen. Warum hatte er nicht schon da eingegriffen? Zum Glück war da der Arzt gewesen, aber was hatte er gesagt? Wie stand es wirklich um Margarethe?

Um 9.30 Uhr hielt ihn nichts mehr. Obwohl er innerhalb der Stadt nur in seltenen Fällen den Wagen benutzte

154

und sonst eher mit der Straßenbahn oder manchmal mit dem Taxi fuhr, wenn es schnell gehen musste, klemmte er sich dieses Mal hinter das Steuer des Jaguar. Er wollte sofort reagieren können. Er musste etwas tun.

Leitmeier war nicht da. Eine freundlich gelangweilte Anwaltsgehilfin ließ sich zuerst Karmanns Ausweis zeigen. Dann händigte sie ihm ein Schreiben aus, in dem bestätigt wurde, dass Herr Friedrich Karmann im ersten Verwandtschaftsverhältnis zu Frau Margarethe Böttcher stand. Gestempelt und beglaubigt.

»Mit besten Grüßen von Herrn Dr. Leitmeier.«

Karmann verlor keine Zeit. Er eilte zu seinem Auto, zerknüllte den Strafzettel, den eine eifrige Freiburger Politesse in der Zwischenzeit unter die Wischerblätter des Jaguar geklemmt hatte, und brauste los. Eine Viertelstunde später stand er vor demselben Auskunftsschalter der Uniklinik wie am Tag zuvor.

Dieses Mal wurde er von einem jungen Mann empfangen, der aussah, als habe er eben das Bewerbungsgespräch hinter sich gebracht. Er hatte die Haare modisch nach oben geföhnt, trug ein bis zum Hals zugeknöpftes weißes Hemd und schwitzte.

Hinter ihm stand eine mütterlich aussehende Dame, an der eine rot gerandete Lesebrille über einem hellgrünen Pulli baumelte.

»Sie müssen nach der Identifikation fragen«, raunte sie vernehmlich, nachdem Karmann mit zittriger Stimme sein Anliegen vorgebracht hatte.

»Können Sie sich ausweisen?«, fragte der Junge pflichtbewusst.

Karmann schob seinen Personalausweis unter der Plexiglasabtrennung hindurch, zusammen mit dem Dokument, das er von Leitmeier bekommen hatte.

Der Junge prüfte beides sorgfältig. Die Dame spürte Karmanns Unruhe. »Bitte haben Sie etwas Geduld. Jeder fängt einmal an. Herr Beller arbeitet erst seit Anfang der Woche bei uns.«

Karmann verzog den Mund zu einem gequälten Lächeln. Beller drehte sich auf seinem Stuhl um und zeigte das Schreiben seiner Mentorin. »Ich bin mir nicht ganz sicher, die Namen sind ganz verschieden.«

Die Frau überflog das Papier und wandte sich dann direkt an Karmann. »Alles in Ordnung. Ich hoffe, Sie verstehen. Was wollen Sie wissen?«

Karmann wiederholte Margarethes Namen. »Gestern eingeliefert. Sie hatte einen Zusammenbruch auf dem Münsterturm.«

Jetzt kam Bellers Moment. Seine Finger flogen über die Tastatur des Computers. Schon nach wenigen Sekunden hatte er ein Ergebnis vor sich.

»Hier. Frau Margarethe Böttcher. Eingeliefert gestern um 13.24 Uhr.«

Karmann hakte sofort nach. »Und? Wie geht es ihr? Wo liegt sie? Kann ich sie besuchen?«

Beller legte die Stirn in Falten. »Ich glaube nicht. Hier steht, dass sie noch in der Nacht nach Krozingen überführt wurde.«

»Unser Herzzentrum«, erklärte die Dame.

»Bad Krozingen? Aber ...« Karmann spürte einen Stich im Magen.

156

»Bitte wenden Sie sich an die Kolleginnen dort. Möchten Sie die Telefonnummer?«

Karmann riss die kleine Visitenkarte an sich und eilte zu seinem Wagen. Überführt. Es hörte sich an wie ein Todesurteil. Er musste sofort los.

Karmann verzichtete auf die Autobahn und nahm stattdessen die Bundesstraße nach Süden. Dieser Weg war deutlich kürzer, zumal er geflissentlich die 30er-Zonen in den kleinen Reblandgemeinden ignorierte.

Es war inzwischen um die Mittagszeit. Der Himmel hatte sich zugezogen, es hatte wieder einmal zu regnen begonnen. An vielen der entgegenkommenden Autos leuchteten die Frontscheinwerfer. Trübes Dämmerlicht zog sich um Karmann wie ein dunkler Umhang. Flackernde Lichter. Der Geruch brennender Kerzen.

Gevatter Hein lässt sich nicht betrügen.

Der Empfangsschalter der Herzklinik war dreifach besetzt. In der Eingangshalle herrschte reges Leben. Besucher mit Rollkoffern und Rucksäcken kamen und gingen. Im Wartebereich waren fast alle der etwa 20 Sitze belegt.

Karmann musste sein letztes Maß an Geduld aufbringen. Er stellte sich an einem der Schalter an. Wortfetzen flogen an ihm vorbei. Sie beruhigten ihn nicht. Herzklappe, Reha, Schrittmacher, Blutverdünner. Und immer wieder OP. Operation.

Glücklicherweise ging es rasch voran. Vor ihm verabschiedete sich eine glückliche Patientin, deren Gepäck von einem Taxifahrer aufgenommen wurde. »Und vielen Dank für alles. Auf Wiedersehen.«

»Besser nicht«, lächelte die Dame hinter dem Schalter und wandte sich sofort Karmann zu.

»Margarethe Böttcher. Kann ich sie besuchen? Ich bin ihr Bruder.« Wieder legte er Ausweis und Bestätigung vor. Ein goldenes Sesam-öffne-dich.

»Einen Moment.« Wieder flogen die Finger über die Tastatur. »Intensivstation. Zimmer 3.31. Den Gang entlang, vor der Cafeteria rechts. Sie müssen läuten.«

»Wissen Sie …?«

»Fragen Sie am besten auf der Station. Viel Erfolg. Der Nächste!«

Intensivstation. Das Wort hallte in Karmann wider wie ein eisiges Echo, glitt die Wände entlang, warf unheilvolle Schatten über die Neonlichter, die den Gang auf die Station erleuchteten.

Die Pforte zu der Höhle der Lichter. Eine silberne Tür, verschlossen, bitte läuten und warten.

Karmann läutete und wartete. Eine Pflegerin mit rehbrauner Haut, blaue Arbeitskleidung, müde Augen. Karmann nennt den Namen.

»Kommen Sie.«

Gläserne Stationsbüros, grelles Licht, es brummt leise, blinkt. Das Geräusch schneller Schritte auf sterilem Plastikboden. Es riecht nach nichts.

Eine offene Tür.

»Einen Moment.« Der blaue Schatten verschwindet im Zimmer, weht zurück. »Sie schläft gerade. Bitte seien Sie leise.«

158

Gedämpftes Licht, leises Piepen.

Die Raumkapsel ist vollgestopft mit Apparaten. Geräte übereinandergetürmt, rote Kabel, blaue, gelbe, schwarze. Flache Monitore, grünlich, Digitalziffern blinken unerbittlich, Kurven erscheinen, wandern, vergehen, tauchen erneut auf. Ein Schlauch von irgendwoher irgendwohin, Tücher, Decken, Gläser, Becher, Wannen, Töpfe.

Margarethe liegt auf dem Rücken, die Augen geschlossen, das zart gemusterte Krankenhaushemd leicht geöffnet, ein Kabel ragt aus dem Hals, eine Decke über den Beinen. Von ihrem Handrücken führt ein dünner Schlauch zu einem Infusionsbeutel über ihr, aus dem sich einzelne Tropfen lösen.

Karmann beugt sich über das Bett. Ihr Gesicht ist bleich, kleine Schweißperlen unter den Augen, vielleicht sind es Tränen. Die Atemmaske verbirgt ihren Mund.

Der blaue Schatten hat einen Stuhl neben das Bett geschoben. »Bitte nur kurz, sie ist noch sehr schwach.«

Karmann setzt sich, schaut, tastet nach Margarethes Hand, sie ist kalt, aus dem Handrücken ragt eine Kanüle, der Einstich ist blutunterlaufen.

Gedämpftes Licht, leises Piepen.

Die Gedanken verlieren sich.

Auf dem Seitentisch stand ein Foto, angelehnt an einen Stapel weißer Frotteetücher. Ein Junge, vielleicht acht Jahre alt, ernste Augen, verstrubbelte Haare. Karmann konnte den Blick nicht lösen. Etwas kam ihm vertraut vor. Es gab von ihm selbst ein ähnliches Foto, aufgenommen bei einem Ausflug in den Schwarzwald, sie liefen damals auf den Belchen hoch, drei Kilometer, er hatte schmerzende Füße bekommen

159

und im Gipfelrestaurant Cola und Pommes. »Schau doch mal ein bisschen freundlich!« Er konnte es nicht.

Der Junge vor ihm schaute ähnlich in die Kamera, als ob ihn etwas Wichtigeres beschäftigte, als diesen Moment festzuhalten.

»Was ist das für ein Foto?«, fragte Karmann.

Die Pflegerin zuckte freundlich mit den Schultern. »Wir wissen es nicht. Es war bei ihren Sachen. Wir dachten, es macht ihr Freude, wenn sie es sieht.«

»Wie lange schläft sie schon?«

»Seit gestern Nacht. Die Operation hat sie sehr angestrengt.«

Karmann zuckte zusammen. »Operation?«

»Hat man Ihnen das nicht gesagt? Es war eben noch rechtzeitig. Ihre Frau hat einen schweren Herzfehler.«

Ihre Frau. Karmann spürte, wie ein warmer Hauch über seine Gedanken strich. Warum hörte sich das so gut an? Wieder drückte er ihre Hand. Er meinte, einen leisen Seufzer zu hören.

»Ist es schlimm?«

»Das kann ich nicht sagen. Sie müssten mit einem der Ärzte sprechen.«

»Wie lange wird sie schlafen?«

»Noch eine Weile. Es ist besser, wenn Sie jetzt gehen. Die Besuchszeit ist schon längst um.«

Karmann erhob sich unwillig. Ehe er sich abwandte, warf er noch einmal einen langen Blick auf das bleiche, erschöpfte Gesicht in dem weißen Kopfkissen.

»Ich komme wieder«, sagte er leise.

160

Karmanns Versuch, einen Arzt zu sprechen, war vergebliche Mühe. Er hatte es befürchtet. Im Stationszimmer erhielt er lediglich eine dürre Auskunft. »Ihre Frau hat die Operation gut überstanden, die Werte sind stabil. Sie braucht jetzt Ruhe. Kommen Sie morgen wieder.«

Die Doppeltür zur Intensivstation schloss mit einem schnarrenden Klick. Die Burg hatte sich geschlossen, die Zugbrücke war hochgezogen.

Er musste sich zufriedengeben mit dem, was war. Der neue fremde Gott heißt Demut.

Seine Gedankenzerstreuungsfahrt führte Karmann dieses Mal nach Süden. Von Bad Krozingen aus tastete sich der Jaguar die Vorberge des Schwarzwaldes entlang. Staufen, Sulzburg, Badenweiler – die Orte zogen an ihm vorbei wie Panoramen aus einer Fernsehdokumentation. Expedition in die Heimat.

Er ließ den Blick über die Kette der Berge wandern, versuchte, in den leuchtenden Rottönen der herbstlichen Weinberge Ablenkung zu finden, zwang seine Vorstellung vergeblich in die Erinnerungen an unbeschwerte Stunden in den Straußwirtschaften des Markgräflerlandes. Vergebens.

Das schmale, bleiche Gesicht unter der Krankenhausdecke, die Fotografie des kleinen Jungen auf dem Beistelltisch. Je weiter er sich von dem Zimmer entfernte, desto stärker wurden die Bilder. Erst als er abrupt in die Bremsen steigen musste, um einem gemächlich vor ihm her tuckernden Traktor auszuweichen, wachte er auf.

Er lenkte den Jaguar in eine schmale Haltebucht, stellte

den Motor ab und stieg aus. Wenige Schritte entfernt stand unter einem Wegkreuz eine einfache Bank für Spaziergänger. Die aufgenagelten Schilder verrieten Karmann, wo er war. Auggen, Schliengen, Mauchen – das Herz des Markgräflerlandes. Von der Bank aus genoss er den überwältigenden Rundblick.

Er saß mitten in den Weinbergen hoch über dem Rheintal. Direkt unter ihm die Bundesstraße und die Zugstrecke nach Basel, aus der Entfernung hörte er den ungebrochenen Klangteppich der Autobahn. Weiter im Westen zeichnete sich der Bergkamm der Vogesen ab. Die dunkle Silhouette verriet, dass sich die Sonne hinter den Wolken bereits senkte.

Winzige Lichter zeigten die kleinen Dörfer über dem Rhein, die schon zum Elsass gehörten. Davor die *Zone Industrielle* von Ottmarsheim mit ihren gewaltigen Werksgebäuden, hell ausgeleuchtet, mit rot blinkenden Lichtern auf den Türmen und weißen Rauchfahnen.

Karmann erinnerte sich, dass er schon einmal hier gewesen war. Vor drei Jahren hatte er Margit bei einer Weinverkostung kennengelernt. Vier Monate lang hatten sie sich fast täglich gesehen, miteinander gelacht, waren sich nähergekommen. Ehe aus dem Nichts ein Investmentbanker aus Lörrach aufgetaucht war. Distinguiert, überzeugend.

»Du musst es verstehen«, hatte sie ihm zum Abschied gesagt. »Wir können ja Freunde bleiben, wenn du willst.«

Er hatte sie seither nie wiedergesehen, wollte es auch nicht.

Freunde. Können Männer und Frauen Freunde sein – einfach nur so? Konnte Margarethe seine Freundin sein –

162

einfach nur so? Ihr bleiches Gesicht aus dem Bett auf der Intensivstation bekam Farbe, ihre Wangen leuchteten, ihre Augen strahlten. Die Umarmung auf dem Treppenabsatz im Turm des Freiburger Münsters.

Herzklopfen.

Karmann erinnerte sich an eine Straußwirtschaft am Rande eines Winzerdorfes ganz in der Nähe, die er damals mit Margit entdeckt hatte. Vielleicht wäre das jetzt das Beste für ihn. Unter Leute kommen, ein Glas trinken, etwas Einfaches zu sich nehmen. Abschalten.

Baslers Straussi lag idyllisch eingebettet in den Hügeln, die nach Westen hin zur Ebene ausliefen. Obwohl es herbstlich frisch war, hatte der Wirt die Tische auf der Terrasse gerichtet.

Es war bereits gut besetzt. Karmann hörte ein gedämpftes Stimmengewirr aus Alemannisch und Schweizerdeutsch, durchmischt mit einzelnen deutlich unterscheidbaren Lauten vom Niederrhein und Berlin. Karmann setzte sich zu einem älteren Ehepaar auf eine der Bierbänke. Sofort wurde er begrüßt.

»Der Elsässer ist hervorragend!« Der Mann, hochgewachsen mit blonden Haaren und randloser Brille, deutete auf die Riesenportion Wurstsalat, die er vor sich hatte.

Karmann nickte. Er kannte die mit Käsestreifen verfeinerte Spezialität aus der Gegend.

»Und der Flammkuchen!«, schloss sich die Frau im geblümten Sommerkleid an. Karmann tippte auf die üblichen Jahrestouristen, die später zu Hause über die Einheimischen schwärmen würden, deren Sprache man nicht verstand, die aber so herzerfrischend rustikal seien.

Karmann winkte dem Wirt, der im Vorbeigehen die Bestellung aufnahm. »Einen Gutedel vom Fass und ein Dreierlei.« Der Mann nickte und verschwand im Haus. Kurz darauf kehrte er mit einem gut gekühlten Wein und einem Teller mit Wurstsalat, Bratkartoffeln und Quark zurück.

Als Karmann den gut gefüllten Teller vor sich sah, spürte er, wie sehr er Hunger hatte. Für den Moment verdrängte der Geruch der badischen Spezialität seine trüben Gedanken. Bereitwillig erklärte er den neugierigen Tischnachbarn die in ihren Augen merkwürdige Zusammenstellung.

»Brägele! Bibbeliskees! Herrlich, diese Worte!« Die Frau zeigte sich höchst begeistert und ließ es sich nicht nehmen, Karmann als Gegenleistung eine Einweisung in ein Gericht aus ihrer Heimat zu geben. Karmann ließ sich bereitwillig in das Gespräch verwickeln. Nach dem zweiten Schluck Gutedel merkte er, wie er sich ein wenig entspannte. Obwohl er sich beim Autofahren den Alkohol strikt verbot, machte er heute eine Ausnahme. Solange es bei dem einen Glas blieb, wollte er es verantworten. Er genoss das wohlige Gefühl, das die feine Säure in ihm hervorrief.

Die Heimfahrt führte ihn ein zweites Mal durch Bad Krozingen. Sein Blick glitt über die Fassade des riesigen Klinikums am Rande der Bundesstraße. Ob sie inzwischen aufgewacht war? Sie lag irgendwo dort oben, in einem der Zimmer. Umgeben von Apparaten und hoffentlich gut sorgenden Pflegerinnen.

Karmann stieß einen Seufzer aus und fuhr mit schwerem Herzen hinein in die Nacht.

164

Kapitel 14:
Im Nebel

Das Telefon klingelte. Karmann griff nach dem Handy und blinzelte verschlafen auf den Wecker. 6.30 Uhr. Idiotische Zeit, angerufen zu werden. Einer der lästigen Werbeanrufe, die sich in letzter Zeit bei ihm häuften. Die Nummer auf dem Display kannte er nicht.

Dann durchfuhr es ihn. Schlagartig setzte er sich auf und schwang die Beine über die Bettkante. Natürlich, das Krankenhaus! Es war etwas passiert.

»Ja, Karmann hier?« Sein Herz schlug ihm bis zum Hals.

»Schläfst du immer so lange?«

Karmann war für einen Moment verwirrt, dann erinnerte er sich an die Stimme. Maja oder Magda. Mit einem Seufzer ließ er sich zurück ins Bett fallen.

»Ach was«, räusperte er sich. »Ich war grade … im Bad.« Dann holte er tief Luft. »Das ist aber nett. Was verschafft mir die Ehre?« Der alte Karmannhabitus. Sein Vater war immer in die ältlich-vornehme Sprache zurückgefallen, wenn er nicht ganz sicher war, worum es ging oder wen er vor sich hatte.

»Der Vater will mit dir reden.« Also Magda.

»Worüber?«

»Er sagt, du wüsstest schon.«

Die Uhr. Natürlich. Das Ganze war komplett schiefgelaufen. Thoma würde ihn auslachen.

»Und warum ruft er nicht selbst an?«

»Vater telefoniert nicht so gern.« Stoisch kurz und bündig. »Also, kommst du?«

Karmann war nun doch überrascht. Was konnte der Bauer noch von ihm wollen? Er dachte an das Krankenbett, an das bleiche Gesicht.

»Ich weiß nicht, ich habe viel zu tun.«

»Du?« Magda lachte hell auf. »Was hat ein Lebenskünstler wie du schon groß zu tun?« Sie sprach das Wort so aus, dass er die Ironie dahinter deutlich hörte.

Karmann zwang sich, ernst zu bleiben. Es drängte ihn danach zu erfahren, was mit Margarethe war. Er würde zu ihr fahren, sobald es möglich war. Der Gedanke an den Schwarzwald und die Uhr war ganz in den Hintergrund gerückt. Dennoch wollte er es sich mit den Leuten vom Mathieshof nicht verderben.

Er dachte kurz nach. »Ich habe einige Termine heute und morgen. Kann ich mich im Laufe des Tages noch einmal melden?«

»Der Herr hat Termine.« Karmann konnte förmlich sehen, wie Magda den Mund verzog. »Na schön. Aber wundere dich nicht.« Sie legte auf.

Karmann war mit seinen Gedanken bereits woanders. Er suchte die Nummer der Klinik heraus und rief an.

Fünf Minuten später ließ er sich erleichtert in den Sessel fallen. Die Nacht sei gut verlaufen, Frau Böttcher sei schwach, aber ansprechbar. Besuchszeit ab 12 Uhr.

Karmann sah auf die Uhr. Kurz nach 8 Uhr. Es war noch lange.

Karmanns Frühstück. Eine Tasse Darjeeling First Flush. Toast mit Zwetschgenmarmelade von Benedikta, selbst gemacht. So etwas gab es nicht zu kaufen. Baguette, Frischkäse, ein kleines Müsli. Manchmal ein Ei. Heute nicht. Sechs Minuten.

Sechs Minuten. Zehnmal ein Ei ist eine Stunde. In vier Stunden ist die Intensivstation für ihn geöffnet. Vier mal zehn Eier.

100.000 Schläge am Tag.

36.792.000 im Jahr.

2.575.440.000 Herzschläge im Leben – ein Leben.

Ein Leben.

Im Salon der Zeit. Salon de temps. Raum der Zeit. Zeitraum.

Karmann streckte sich aus, legte die Füße auf die Ottomane seines *Eames*-Lounge-Chairs und knüpfte Gedankenfäden. Er hatte die große Pendelstanduhr aufgezogen. Das reich verzierte Ungetüm stand einst im Salon von Luise, Erzherzogin von Baden, der hochverehrten Landesfürstin. Alle anderen Uhren standen still. Seit seiner Rückkehr aus England hatte er keine mehr in Bewegung gebracht. Die Zeit verstrich, auch wenn die Uhren nicht gingen. Uhren konnte man anhalten, die Zeit nicht. Uhren konnte man zerstören, die Zeit nicht. Zeit bedeutet Warten. Warten, bis es 12 Uhr war. Keine Beschleunigung, kein Aufhalten.

Wie das Herz. Niemand kann das Herz anhalten. Manchmal kam es aus dem Takt und schlug schneller. Wenn er die Treppe hinaufrannte, wenn er sich über eine Autopanne aufregte. Aber auch wenn er sich auf etwas freute. Wenn er verliebt war. Immer schlug das Herz schneller, wenn etwas anders war, im Guten wie im Schlechten.

Die Uhr unterscheidet nicht. Nicht die Zeit verrinnt zäh, sondern Karmanns Vorstellung von dem, was ist und sein wird.

Das Pendel wächst, dehnt sich aus nach allen Seiten, sprengt den Uhrenkasten, der Salon atmet nach allen Seiten, die Wände platzen. Die runde Pendellinse wird zum tibetanischen Gong, die Berge ringsum hallen wider von Schlägen, die zuvor einmal Ticken waren. Der mächtige Schwung zieht einen Sog hinter sich her, groß und stark wie die Windhose eines Karibiksturmes. Karmann wird erfasst und umhergeschleudert, ein welkes Blatt im aufgehenden Herbst.

Er lässt alles zu. Er wehrt sich nicht. Bis alles vorüber ist und das Pendel wieder steht.

Karmann brauchte länger, als er gedacht hatte, um einen Parkplatz zu finden. Er musste fast zehn Minuten laufen, ehe er zum Empfang der Klinik kam. Die Dame hinter dem Tresen nickte ihm freundlich zu und bedeutete ihm, gleich zur Station durchzugehen.

Dieses Mal empfing ihn ein älterer Pfleger mit unverwechselbarem alemannischem Zungenschlag.

»22 Jahre«, antwortete er auf Karmanns Frage, wie lange er schon hier arbeite. »Wissen Sie, es will ja keiner mehr machen. Inzwischen haben wir Mitarbeiter aus 70 Nationen. Aber ich bin gerne hier.« Vor Margarethes Zimmertür hing ein Schild mit ihrem Namen. Der Pfleger klopfte an und trat ein.

Obwohl es um die Mittagszeit war, waren die Fenster mit schweren hellen Vorhängen fast ganz zugezogen. Ein schmaler Spalt gab die Sicht frei auf die Bergkette um den Schauinsland.

»Es wird bald kälter«, meinte der Pfleger. Mit geübtem Blick prüfte er Infusionsbeutel und die aufflackernden Werte auf den Monitoren.

»Frau Böttcher, Besuch für Sie.«

Karmann erschrak, als er sie sah.

Ihr Gesicht war noch bleicher als beim letzten Mal. Margarethe hielt die Lider gesenkt, als habe sie Mühe, wach zu bleiben. Dunkle Ringe umschatteten die Augen. In die Nasenlöcher hatte sie einen Sauerstoffspender geklemmt.

Ein Lächeln huschte über ihr Gesicht, als sie Karmann erkannte. »Friedrich!« Ihre Stimme war brüchig. »Schön.«

»Wie geht es dir?« Er kam sich ratlos vor. Eine idiotische Frage.

»Geht so.« Ein Hauch, nicht mehr.

Karmann tastete nach ihrer Hand. Sie war unbeweglich und kalt. »Hast du Schmerzen?« Was sollte er schon fragen. Natürlich war sie vollgepumpt mit Schmerzmitteln.

Sie schüttelte kaum merklich den Kopf. »Alles ist gut.«

Karmanns Blick wandte sich Hilfe suchend an den Pfleger, der sich an den Instrumenten zu schaffen machte. »Sie ist schwach. Alles strengt sie an. Auch das Sprechen. Am besten, Sie erzählen ihr etwas. Etwas Schönes!«

Karmann kämpfte gegen seine Mutlosigkeit, ehe er schließlich begann. Er erzählte von seinem Flug nach England, von den Begegnungen in Leicester, von der Uhr, die er mitgebracht hatte. Margarethe regte sich kaum, lediglich bei seiner Schilderung der Flugturbulenzen und seiner amerikanischen Sitznachbarin weiteten sich ihre Augen.

Vielleicht Freude, vielleicht Erstaunen.

Die Tür öffnete sich, eine weitere Pflegerin kam ins Zimmer. Sie schob einen Wagen vor sich her, dessen wichtigstes Utensil ein riesiger Laptop war, auf den sie die meiste Zeit starrte. Sie richtete ein paar Worte an Margarethe, die ihr mit dünner Stimme antwortete. Nachdem sie am Oberarm mit einer Manschette den Blutdruck gemessen hatte, verschwand sie so leise, wie sie gekommen war.

»Ich lasse Sie jetzt alleine«, sagte der Mann, der gewartet hatte, bis sie gegangen war. »Wenn etwas ist, den roten Knopf drücken. Es kommt dann sofort jemand.«

Karmann wollte sich nicht vorstellen, was das bedeuten könnte. Er erzählte weiter. Von seiner Uhrensammlung, von seinen Fahrten auf den Mathieshof, der seltsamen Abmachung mit dem Thomabauern. Er wusste nicht, ob Margarethe verstand, was er sagte. Er wusste nicht einmal, ob sie überhaupt zuhörte. Es war nicht wichtig. Die Geschichte war da, er war da, Margarethe war da.

Alles Negative ließ er beiseite. Seine Befürchtungen, die albtraumhaften Bilder, die in ihm aufgestiegen waren.

170

Seine Sorgen um Margarethe. Das Negative hatte keinen Platz im Hier und Jetzt. Nur sie beide.

Die Zeit stand still. Karmann ließ die letzten Worte ausklingen. Die Hand in seiner Hand war inzwischen warm geworden, die Augen blieben geschlossen. Margarethe atmete ruhig. Karmanns Blick fiel auf das Foto des Jungen. Es war, als habe er zugehört. Als sei er ein Teil der Geschichte, die Karmann noch erzählen wollte.

Draußen regnete es. Es wird bald kälter.

»Was wirst du jetzt tun?«

Karmann erschrak. Margarethe hatte gesprochen. Laut und vernehmlich.

»Was meinst du?«

»Die Uhr. Wirst du sie dir holen?«

Karmann verstand nicht. Die ganze Zeit über hatte Margarethe nahezu regungslos dagelegen. Sie hatte wohl alles verstanden, was er erzählt hatte.

»Ich glaube nicht.« Karmann erinnerte sich an den Anruf von Thomas Tochter heute am Morgen. »Es hat nicht geklappt.«

»Gibst du auf?«

»Wie meinst du das?«

»Wie ich es sage. Gibst du dich damit zufrieden, dass es nicht geklappt hat?«

»Was heißt zufrieden. Es liegt nicht mehr in meiner Hand.«

»Fahr noch mal hin. Sprich mit dem Mann. Er wird dir die Uhr geben.«

Karmann streichelte Margarethes Hand. »Vielleicht hast du recht.«

Am selben Abend telefonierte Karmann mit dem Mathieshof. Es brauchte drei Versuche, bis endlich jemand abhob.

»Hier wird gearbeitet.« Majas Stimme klang freundlich, aber bestimmt. »Kannst morgen kommen. Opa erwartet dich. Keine Ahnung, weshalb.«

Kapitel 15:
Die verlorene Zeit

Karmann hatte keinen Hunger. Er begnügte sich an diesem Morgen mit Toast, Orangensaft und einem flüchtigen Blick in die Tageszeitung. Margarethes Zusammenbruch auf dem Münsterturm stand nicht in den Meldungen.

Natürlich nicht. Nicht in der Lokalzeitung, und in den anderen erst recht nicht. Die Medien machten aus der Welt einen Film. Irgendwo gab es jemanden, der entschied, was wichtig war. Und täglich wurde dem Konsumenten suggeriert, dass das, was entschieden wurde, wichtig sei. Es mussten Emotionen geweckt werden, den Leser begeistern, so zu tun, als sei der Flugzeugabsturz in Australien für ihn wichtig, als sei die Hungersnot in der Sahelzone für ihn wichtig, als sei die Entscheidung über die Höhe der Krankenkassenbeiträge für ihn wichtig.

Karmann faltete die Zeitung zusammen und warf sie achtlos auf das Sofa. Er fühlte sich bedrängt von unzähligen kleinen und großen Mäulern, die nach ihm schnappten, nach seinen Beinen, nach seinen Armen, nach seinen Gedanken und Gefühlen. Letztlich war alles Ablenkung von dem, was die Menschen wirklich beschäftigte. Wer seine Sorgen nicht aushält, macht sich die Sorgen der anderen zu eigen. Keine Verantwortung, ich kann jederzeit aussteigen.

Seit er Margarethe kannte, war etwas Neues in die Welt gekommen, etwas, was ihm wichtig war. Wie hat sie geschlafen? Hat sie Schmerzen? Kann sie sprechen? Ob sie wohl etwas isst?

Denkt sie an ihn?

Die Uhr war eine Spielerei. Seine Leidenschaft für Uhren war Spielerei. Seine Jagd auf die alte Uhr auf dem Thomahof war Spielerei.

Vielleicht sah der Alte das genauso. Er hätte die Uhr längst verkaufen können. Für ein Heidengeld an einen verrückten Amerikaner. Für wenig Geld und viel Ruhm an das Uhrenmuseum. Thoma hatte ihm drei lächerliche Aufgaben gestellt, vielleicht spontan ausgedacht. Er hätte etwas ganz anderes fordern können. Finanzielle Unterstützung bei der Renovierung seines Hofes. Einen Platz in einem Pflegeheim für sich und seine Frau. Einen Ausbildungsvertrag für seine Enkelin. Ein Abendessen beim Sternekoch in Beiersbronn. Ein Motorrad.

Hätte.

Spielerei.

Dieses Mal war der Alte schneller als sein Hund. Kaum war Karmann in die Hofeinfahrt eingebogen, sah er Thoma, wie er von Kücheneingang her winkte.

»Komm mit«, rief er Karmann zu, als er ausgestiegen war. »Ich will mit dir in Ruhe reden.« Er führte ihn an

174

Küche und Stube vorbei die Stiege nach oben. Karmann erinnerte sich, dass er in einem der Zimmer die Nacht verbracht hatte. Am Ende des Ganges öffnete Thoma die Tür und bat ihn herein.

»Mein Zimmer«, brummte er. Es klang, als sei außer ihm noch nie jemand hier gewesen. »Setz dich.«

Thoma holte die obligatorische Kirschwasserflasche aus dem Schrank und schenkte zwei Gläser voll ein. »Jetzt ist es gut.« Er wischte sich den Mund ab. »Trink!«

Er wartete, bis Karmann es ihm gleichgetan hatte. »Pass auf«, fuhr er fort. »Ich sag dir, wie es ist. Du bekommst die Uhr.«

Karmann bekam große Augen. »Aber …«

»Ja, stimmt. Es war anders ausgemacht. Aber jetzt ist es so. Du bekommst die Uhr, und du kümmerst dich um die Reise.«

»Die Nordland-Kreuzfahrt?«

Thoma beugte sich vor und senkte die Stimme. »Die Uhr ist mir egal. Aber meine Maria ist mir mehr wert als alles andere. Ich möchte …« Er zögerte einen Moment. Sein Gesicht nahm einen bitteren Ausdruck an. Er stieß einen Seufzer aus, der gar nicht zu dem energischen Mann passte. »Meiner Maria … Ihr geht's nicht gut. Sie ist … Ich will …« Es fiel ihm sichtlich schwer weiterzusprechen.

Er griff ein weiteres Mal zur Flasche und schenkte ein. »Ich will, dass sie noch einmal etwas Schönes hat. Dass wir zusammen noch einmal etwas Schönes erleben. Solange wir es noch können.« Er nahm einen kleinen Schluck. »Verstehst du?«

Karmann nickte. Er traute sich nicht nachzufragen. Thoma gab selbst die Antwort. »Was glaubst du, warum du sie bisher noch nicht gesehen hast? Sie liegt oben im Bett. Sie macht es nicht mehr lange. Ein Jahr noch, vielleicht zwei. Die Kinder ahnen etwas, aber sie wissen nichts. Ich will sie nicht damit belasten. Und auch Maria will es auf keinen Fall.«

Thoma stieß einen tiefen Seufzer aus und lehnte sich zurück. Karmann ahnte, dass er so viel auf einmal gesprochen hatte wie seit Wochen nicht.

»Ich verstehe«, sagte er nach einer Weile. Seine Gedanken flogen zu dem Bett in der Intensivstation. »Und Sie meinen, eine solche Reise würde sie schaffen?«

»Ich muss es versuchen.« Thomas Stimme bekam einen verzweifelten Unterklang. »Ich will alles tun, was ich kann.«

Für eine Weile schwiegen beide. Auf dem Hof waren die Stimmen von Magda und Maja zu hören. Thoma hob den Kopf. »Sie werden mich suchen. Bestimmt sind sie neugierig, was wir beide zu besprechen haben. Also, wie ist es – abgemacht?« Er stand auf und hielt Karmann die Hand hin.

Karmann ergriff und drückte sie. »Abgemacht. Ich will das Beste organisieren, was sich machen lässt.«

Thoma nickte und ging zu einer alten Kommode im hinteren Teil des Zimmers, die Karmann bisher nicht bemerkt hatte. Er zog eine zerschlissene Decke zur Seite, öffnete den Deckel und nahm eine Kiste heraus, kaum größer als ein Schuhkarton.

»Hier, die Uhr. Du hast sie verdient. Gib mit Bescheid, sobald du etwas erreicht hast.«

176

Karmanns Hände zitterten, als er die Kiste entgegennahm. Sie war leicht und verschlossen.

»Die Kiste war schon seit Jahren nicht mehr offen. Den Schlüssel habe ich irgendwo. Du kriegst sie schon irgendwie auf.«

Die Tür flog auf. »Großvater, da bist du ja! Mama und ich suchen dich die ganze Zeit.« Sie warf Karmann einen neugierigen Blick zu, der ihn an den Abend erinnerte, als er die Panne mit dem Reh im Wald hatte. »Und der Herr aus der Stadt. Dir gefällt's wohl im schwarzen Wald?« Karmann wusste nicht, was er antworten sollte. Wieder wusste er nicht, ob sie ernst meinte, was sie sagte.

»Wir hatten noch etwas zu besprechen«, knurrte Thoma dazwischen. »Was gibt's?«

»Oma. Du solltest nach ihr sehen.«

Sie wandten sich um und stiegen rasch die Treppe hinunter. Karmann blieb zurück. Vorsichtig betrachtete er die Kiste von allen Seiten. Unter dem Deckel war ein winziges Schlüsselloch.

Er konnte es kaum fassen. Allmählich dämmerte ihm, was er in der Hand trug. War es jetzt Glück? Schicksal? Zufall? Jake würde staunen, Steinhuber vor Missgunst grün werden. Er hatte die Uhr! Die älteste Uhr, die im Schwarzwald gefertigt wurde. Seine Sammlung bekam ein neues, unüberbietbares Herzstück.

Auf der Rückfahrt nach Freiburg schaltete er zum ersten Mal seit Tagen die Musik im Radio ein. Ein altes Stück aus den 60er-Jahren.

»To everything there is a sesaon and a time for every purpose under heaven.« Es gibt für alles eine Zeit und eine Zeit für alles Geschehen unter dem Himmel. Ein Zitat von vor 2.000 Jahren wurde zu einem Popsong. Zeitlose Weisheit.

Karmann summte und sang im Wechsel. Die Uhr gehörte ihm. Und Thoma hatte nicht einmal gefragt, warum er sie unbedingt haben wollte.

Kapitel 16:
Das Ende der Zeit

Es ist eine Zeit für alles, was geschieht. Alles. Ist das, was geschieht, alles? Warum ist alles und nicht nichts? Gibt es eine Zeit im Nichts? Hat das Nichts Zeit? Kein Etwas, keine Zeit. Alles, viel Zeit.

Die Uhren im Salon werden lebendig, wenn sie ticken. Zwölf, elf, zehn ... Die Richtung stimmt nicht mehr. Die Zeit läuft rückwärts. Kein Umdrehen, der Blick nach vorn. Der Horizont ist trübe, vorne wie hinten. Karmann möchte aussteigen. Genügt es, zur Seite zu treten? Die Zeit läuft vorwärts, immer. Ist Aussteigen der Fall in eine andere Welt? Die andere Welt, das Nicht-Sein. Das Nichts.

Wo ist Margarethe?

Karmanns gute Laune verrinnt wie der Sand in einem Stundenglas. Sankt Georgen, Wolfenweiler, Scherzingen, Norsingen. Karmanns Jaguar schleicht durch die Dörfer wie ein lahmendes Raubtier. Jedes Ortsschild bremst ihn zurück in Ahnungen und Bilder, die er nicht sehen will. Ein eingeklemmter Zeiger auf einem Ziffernblatt. Ein Mühlrad ohne Wasser. Eine umgestoßene Kerze. Eine verschlossene Kiste.

Als Karmann pünktlich um 12 Uhr die Eingangshalle der Klinik betritt, klopft sein Herz. Herzklinik, Herzklopfen, Herztropfen. Karmann quält sich zu einem müden Kalauer.

Freundliche Begrüßung am Empfangsschalter, Innehalten. »Einen Moment bitte.« Gespräche im Hintergrund, Blicke.

Eine der Damen kommt nach vorn. »Kommen Sie bitte mit.«

Die Flure um Karmann weiten sich, werden länger und länger. Türen überall, geschlossen, keine Aufschrift. Die Frau läuft zügig, immer einen Schritt voraus.

»Hier.« Eine Tür öffnet sich. »Bitte setzen Sie sich und warten Sie einen Moment.« Tür zu.

Die Angst kroch in den Raum, leckte an Karmanns Füßen, wand sich die Beine empor, schlang sich um seinen Leib, drang in sein Herz. Warten Sie einen Moment. Es konnte nichts Gutes bedeuten. Karmann fror.

Eine zweite Tür öffnete sich. Ein Mann im weißen Arztkittel kam herein, reichte Karmann die Hand. »Dr. Kleinhans, ich bin stellvertretender Stationsarzt.« Er setzte sich in den Stuhl gegenüber. »Wir haben versucht, Sie zu erreichen. Es tut mir leid, Frau Böttcher hat es nicht geschafft. Mein aufrichtiges Beileid.«

Der Schlag ins Gesicht. Unsichtbarer Nebel umhüllt das Denken. Alle Bilder verblassen.

Karmann hob den Kopf. Irgendjemand sprach aus ihm. »Was ist passiert?«

Irgendjemand hörte die Stimme des Arztes. »Gestern Abend gegen 22 Uhr trat eine rapide Verschlechterung ein.

Wir mussten sofort operieren. Es war kompliziert. Der Organismus bekam einen Schock. Organversagen. Wir konnten nichts tun.«

Er spürte nichts. Eine durchsichtige Glocke stülpte sich über ihn. Alle Geräusche waren gedämpft, das Licht wurde fahl. Der Blick verlor sich.

»Herr Karmann?« Eine Stimme irgendwo. »Herr Karmann?«

Wer sprach? Zu wem? Wer war Karmann?

Die Kerze war umgeworfen. Die Zeit stand still.

»Herr Karmann, wachen Sie auf.«

Vor Karmanns Augen manifestierte sich das Gesicht einer jungen Frau. Sie lächelte ernst.

»Margarethe?«

Das Gesicht bewegte sich leicht nach links und rechts. »Schwester Christina. Ich habe Ihnen eine Spritze gegeben. Zur Beruhigung. Möchten Sie etwas trinken?«

Karmann wandte den Kopf nach beiden Seiten. Er saß in einem bequemen Sessel. Auf dem Boden lag ein einfach gemusterter Teppich, an der Wand vor ihm hing ein abstraktes Bild in leisen Grüntönen. Durch das Fenster drang gedämpfte Helligkeit.

»Trinken? Was – meinen Sie?«

»Haben Sie Durst? Möchten Sie ein Glas Wasser?«

Karmann sah in zwei dunkle große Augen. »Schwester Christina. Ein schöner Name.«

»Ich bringe Ihnen etwas. Einen Moment.« Die Augen verschwanden. Das Licht war zu hell.

»Trinken Sie, es wird Ihnen guttun.«

Karmann spürte einen Becher in seiner Hand. Langsam führte er ihn zum Mund. Er durfte nichts verschütten. Alles musste bleiben, wie es war. Karmann und Margarethe.

»Ihre Schwester hat tapfer gekämpft. Es tut mir leid.«

Karmann und Christina. »Hatte sie Schmerzen?« Karmanns Stimme bröckelte.

»Nein, sie hat nichts gespürt.«

Nichts gespürt. Kann ein Mensch den Tod spüren?

»Hat sie noch etwas gesagt?«

»Am Ende nicht. Es ging alles zu schnell. Aber eine Stunde vorher. Sie hat von Ihnen gesprochen. Und von ihrem Sohn.«

»Ihr Sohn?«

Das Foto des blonden Jungen erschien vor seinen Augen. »Ich soll Ihnen das Bild geben. Falls etwas passiert. Als ob sie es geahnt hätte.«

»Als ob sie es geahnt hätte.«

Karmann nahm das Bild und betrachtete es. Der Blick des Jungen führte in die Ferne. Zu ihr.

»Sie sollen einen Rechtsanwalt anrufen. Einen Doktor Meier oder so ähnlich. Ich habe den Namen leider nicht ganz verstanden. Sie sprach zu leise.«

»Doktor Leitmeier.«

»Das könnte sein.«

»Sollen wir Sie nach Hause bringen? Wollen Sie ein Taxi?«

»Nein.«

Karmann ließ den Apfelkuchen auf dem Teller unberührt. Er blieb an einem Tisch in der Nische der Cafeteria sitzen, bis die Bedienung ihn höflich, aber bestimmt zum Aufbruch ermunterte. »Wir schließen.«

Der Parkplatz hatte große Lücken, die Tagesschicht des Krankenhauses war in den Feierabend gefahren. Die Wirkung der Injektion hinterließ auch jetzt noch deutliche Spuren. Er spielte mit dem Gedanken, mit dem Zug zu fahren oder sich ein Taxi zu nehmen, verwarf ihn jedoch wieder. Es waren kaum 20 Kilometer bis nach Hause, die würde der Jaguar von alleine finden. Karmann wollte niemanden sehen, niemandem nahekommen. Ein Eisenbahnwagen voller müder Heimfahrer, die sich an ihrem Handy festhielten oder teilnahmslos zum Fenster hinausstarrten? Was gab es zu besprechen mit einem Taxifahrer – Wetter? Fußball? Politik?

Es gab nichts mehr zu besprechen, das Buch war zugeschlagen. Karmann musste sich auf das Fahren konzentrieren. Wieder hatte es zu regnen begonnen. Die Lichter der entgegenkommenden Fahrzeuge verliefen in den Schlieren der Scheibenwischer. Wind kam auf und wehte taumelnde Blätter über die Fahrbahn. Die drastischen Geschwindigkeitsbegrenzungen in den Ortsdurchfahrten waren Karmann mehr willkommen als lästig, ein kurzes Aufatmen, ein Auftauchen aus dem Nachtdunkel in das Licht der Straßenlaternen.

Erst hinter Schallstadt wurde es besser. Die gut ausgebaute Umgehungsstraße brachte dem Jaguar das zufriedene Schnurren zurück, das Karmann so sehr schätzte und das ihn auch jetzt beruhigte.

Es drängte ihn schmerzhaft danach, nach Hause zurückzukommen, das Vertraute um sich zu spüren, wieder Halt zu bekommen. Er war hin- und hergerissen. Wie sollte er den Abend verbringen? Wie die Nacht überstehen? Wie die überbordende Fülle der Gefühle und Gedanken zur Ruhe bringen? Er könnte sich ablenken, vielleicht ins Kino gehen, Serien anschauen, bis ihn der Schlaf übermannte.

Als er hinter dem Wagen die elektronische Garagentür geschlossen hatte, zog ihn sein Schritt in den Uhrensalon. Sein liebster Ort im Haus blieb jedoch völlig stumm. Die Uhren stierten teilnahmslos vor sich hin, nichts regte sich, kein Laut war zu hören.

Ticken. Herztöne.

Stille.

Die Kutsche wurde langsamer. Das eintönige Schütteln beruhigte sich. Mit einem sanften Ruck kam das Gefährt zum Stillstand. Karmann hatte gedöst. Er hob den Kopf, spürte, wie die Hitze der Wüste von allen Seiten auf ihn eindrang.

Karmann hatte keine Erinnerung an den Tag, an dem sie losgefahren waren. Es war lange her. Irgendwann und irgendwo hatte es angefangen, eine Fülle vieler bunter Bilder hatte ihren Tanz begonnen. Niemand wusste, warum. Er hatte eine Weile beobachtet, erstaunt und großäugig. Irgendwann Gefallen daran gefunden. Irgendwann mitgetanzt. Irgendwann müde geworden.

Als die Kutsche vorfuhr, hatte er nur kurz gezögert und war eingestiegen. Er hatte nicht gefragt, wohin die Reise gehen würde, er hatte sich auch nicht gewundert, dass niemand auf dem Kutschbock saß.

Wieder waren die Bilder an ihm vorbeigezogen, doch dieses Mal waren sie still geblieben. Es waren ihm nur Staunen geblieben und Erinnerung. Bis er auch diese vergessen hatte. Er sah zu, wie die Bäume des Schwarzwalds verschwanden, dann die Berge sich zu Hügeln senkten und schließlich in die weite Ebene ausliefen.

Jetzt stand alles still.

Karmann wartete noch eine Weile, dann stieg er aus. Der Sand unter seinen Füßen war weich und warm, als er die ersten Schritte ging. Er wusste nicht, wohin, die einzige Richtung war nach vorn. Um ihn herum erstreckte sich eine Fläche, endlos für das Auge, kein Horizont. Die Sonne hatte sich in milchiges Grau aufgelöst, die Dämmerung fiel über ihn wie ein zerschlissener Vorhang.

Die Ränder der Bühne hoben sich unmerklich auf allen Seiten, unzählige Sandkörner rieben sich aneinander zu einem leisen Summen. Karmanns Schritte wurden leichter, er beschrieb einen Kreis und noch einen und noch einen. Der Weg, der keiner war, neigte sich nach innen, auf einen winzigen Punkt zu. Ein Ort ohne Eigenschaften. Ein Ort, in dem alles verschwand.

Karmann staunte, dass ihn der Anblick nicht erstaunte. Nie zuvor hatte er so etwas gesehen, und doch war ihm der Anblick vertraut, jeder Schritt war, als habe er ihn schon einmal gesetzt und immer wieder. Als am Ende auch der Schritt verschwand, drehte sich das, was übrig war, senkte sich zur Mitte in einer letzten Verbeugung, mit einem letzten Dank.

Beifall brandete auf, ging unter.

Das Gelächter der Unsterblichen. Ein letztes Echo.

Kapitel 17: Der Brief

Es ist eine Zeit für alles, was geschieht. Alles.

Leitmeiers Sekretärin klang auf dem Anrufbeantworter realistischer, als er sie in Erinnerung hatte. Die Ansage war freundlich und kurz. Karmann dachte kurz nach, ob er um einen Rückruf bitten sollte, ließ es dann aber sein. Er wusste, dass es keinen Sinn hatte. Die Kanzlei war ab 10 Uhr geöffnet, vorher würde sich keiner um ihn kümmern. Selbst nicht um Friedrich Karmann.

Der Traum beschäftigte ihn immer noch. War es ein Traum? Eine Halluzination? Alles war so real, dass er das Jucken der Sandkörner auf seiner Haut spürte. Dass er sich jetzt noch gegen den Sog wehrte, der ihn nach unten zog. In das Ende.

Margarethe hatte es nicht geschafft. Wir haben alles versucht, haben sie gesagt. Was können die anderen tun? Was muss ich selbst tun?

Die Kerze ist umgestoßen. Gevatter Hein lässt sich nicht überlisten.

Die Nachricht von Margarethes Tod war bereits bei Leitmeier angelangt. Die Sekretärin stellte Karmann direkt durch.

Der Notar beschränkte sein Mitgefühl auf wenige Worte, denen Karmann anhörte, dass Leitmeier sich bemühte. Trotzdem tat es gut, ihn zu hören, zumindest den Anschein zu verspüren, nicht alleine zu sein.

»Ich solle mit Ihnen sprechen, hat man mir im Krankenhaus gesagt.«

Karmann spürte die Erleichterung des Rechtsanwalts, als er sich auf die professionelle Ebene zurückziehen durfte.

»Das ist richtig. Es war der ausdrückliche Wunsch der Verstorbenen.«

Margarethe. Sie würde mit ihm sprechen. »Worum geht es? Was sollen Sie mir sagen?«

»Bitte nicht am Telefon. Es wäre schön, wenn Sie vorbeikommen könnten.«

»Natürlich. Wann passt es Ihnen?«

»Wann immer Sie wollen.«

»Ich komme sofort.«

20 Minuten später betrat Karmann die Kanzlei. Die Dame am Empfang bedachte ihn mit einem freundlichen Lächeln und öffnete ihm die Tür zu Leitmeiers Büro. »Herr Karmann wäre jetzt da.«

Leitmeier legte eine Akte zur Seite, stand auf und drückte Karmann die Hand. »Mein Beileid.«

Leitmeier bot Karmann denselben Stuhl an, auf dem er bei der Testamentseröffnung gesessen war. »Einen

Moment noch.« Er ging zurück zu seinem Schreibtisch und betätigte die Sprechanlage. »Frau Stenzel, bitte die Unterlagen Böttcher-Karmann. Kaffee?«, fragte er zu Karmann gewandt.

Karmann schüttelte den Kopf. Beileid. Wie konnte das sein? Er wusste nicht, was das war. Mitleid konnte er sich vorstellen. Der Bettler mit den zerfressenen Gliedmaßen, der auf den Stufen des Tempels um Almosen bittet. Der Blick in die Augen des Kalbes, das zusammen mit 100 anderen im vollgestopften Lastwagen in den Schlachthof gefahren wird.

Aber Beileid? Eine übliche Floskel, man sagte es so, um einer moralischen Pflicht nachzukommen. Schwester Christina war bei Karmann, als er von Margarethes Tod erfahren musste. Sie fühlte mit ihm, vielleicht tat er ihr sogar wirklich leid. Aber Leitmeier? Ein Mensch, der diese Situation berufsmäßig schon jahrelang erfahren hatte, den mit der Toten nichts verband als ein Vertrag, der zu guten Zeiten abgeschlossen worden war.

Karmann schluckte. Er fühlte sich alleingelassen. Für andere mochte es eine Hilfe sein, wenn die Menschen um ihn herum ihr Beileid bekundeten, ob sie es so meinten oder nicht. Vielleicht kam es gar nicht darauf an. Was würde es ändern?

Es klopfte, und die Sekretärin kam herein. »Danke, Frau Stenzel.« Leitmeier setzte sich zu Karmann und öffnete die schlanke Ledermappe. »Frau Böttcher hat mich befugt, Ihnen diese Unterlagen vorzulegen. Es ist ein Schreiben Ihres Vaters, Herr Karmann.« Er zog ein handbeschriebenes Blatt hervor. »Betrachten Sie es als Zusatz zu dem

188

Testament, das Ihnen vorliegt. Gestatten Sie, dass ich es vorlese.«

Leitmeier setzte seine Lesebrille auf und räusperte sich.

»Lieber Friedrich, liebe Margarethe.
Bitte wundert euch nicht, warum ich aus dem Ganzen ein Geheimnis gemacht habe, das ich für mich behalten wollte, bis es so weit ist. Ich habe meine Gründe.
Friedrich weiß, dass ich kein Freund großer Worte bin und auch nie sein werde. Aber dieses eine Mal soll es sein.
Ich will euch schildern, wie es damals war.
Wir hatten uns sehr auf unser erstes Kind gefreut. Doch was dann folgte, war nicht abzusehen. Nicht für mich. Der Alltag mit einem Säugling war anstrengender als die Arbeit in der Firma. Füttern, Windeln wechseln, Erbrechen, Krankheiten, schlaflose Nächte, viel Geschrei. Der Stress machte uns nervös, die Sorge brachte uns auseinander. Unsere Nerven lagen blank. Es begann eine Zeit, in der ich mich öfter als nötig in der Firma aufhielt, dass ich Ausreden erfand, um nicht zu Hause sein zu müssen. Friedrich war noch kein Jahr alt, als ich auf einem Geschäftswochenende in Hannover eine Frau kennenlernte. Wie es so ist, trifft man sich abends an der Bar, öffnet sich fremden Menschen mehr als dem eigenen Partner, spricht sich aus. Veronika hatte ihren Mann durch einen Unfall verloren und war jetzt allein mit ihrem Kind. Es kam, wie es kom-

men musste. Man spürt, dass man nicht alleine ist, kommt sich näher. Veronika wurde von mir schwanger, verlor das Kind und starb. Es war klar, dass ich mich um ihre Tochter kümmern würde. Du, Margarethe, warst diese Tochter. Ich habe dich dein ganzes Leben lang aus der Ferne unterstützt, meist durch Geld (die Herkunft wurde mit einer unerwarteten Erbschaft erklärt). Auch nach der Geburt deines Sohnes. Du bist mir so lieb geworden, als seist du mein eigenes Kind.

Jahre später eröffnete mir mein Sohn Friedrich, dass er die von mir geplante Nachfolge in der Firma nicht antreten werde. Er ließ sich eine beträchtliche Summe als Vorschuss auf seinen Erbanteil ausbezahlen und war fortan aus der Familie verschwunden.

Dies war für mich der größte Schmerz meines Lebens. Es dauerte Jahre, bis ich wieder neue Ziele fasste. Die Firma musste weitergehen, und so beschloss ich, dass nach meinem Tod Margarethe die künftige Besitzerin sein sollte.

Warum habe ich euch nie davon erzählt? Warum habe ich euch sogar die Existenz des anderen verschwiegen? Ich weiß es bis heute nicht genau. Nach all den Wirrungen und Komplikationen meines Lebens wollte ich wohl, dass jeder von euch beiden sein Leben unbeschwert leben kann. Aus meiner Sicht war alles geregelt, ich hatte getan, was ich konnte. Alles andere liegt nun in euren Händen. Und in den Händen des Schicksals.

190

Liebe Margarethe, lieber Friedrich, bitte verzeiht einem alten Mann, der inzwischen gestorben ist. Ich hoffe, alles wird gut.
F.K.

Leitmeier schwieg und ließ die Seiten auf den Tisch sinken. Die Worte seines Vaters hingen im Raum. Karmann starrte mit großen Augen in die Luft. Er konnte nicht glauben, was er gerade gehört hatte.

»Und?« Er suchte ratlos nach einer Fortsetzung. Doch er wusste, dass es keine gab. Die Fortsetzung musste er selbst schreiben.

»Das war so weit alles, Herr Karmann.« Leitmeier reichte ihm den Brief. Karmanns Hände zitterten, als er das Papier entgegennahm. »Sie können ihn gerne in Ruhe noch einmal lesen. Der Brief gehört Ihnen.«

Die seltsam steife Schrift, die er kaum kannte. Das Rascheln des Papiers. Als ob sein Vater ihn aus der Ferne berührte. Wie er noch über den Tod hinaus in sein Leben eingriff. Wie er mit einem Mal das Bild der Erinnerung auswischte und durch ein anderes ersetzte. Sein Vater zeigte sich mit einem Mal schwach und greifbar. Der allmächtige unfehlbare Firmenchef wurde zum Menschen wie alle anderen, mit Stärken und Schwächen und Geheimnissen. Das Tor zu seinem Innersten war stets hermetisch verschlossen geblieben, hatte sich allen Versuchen Karmanns widersetzt, selbst Karmanns Mutter war letztlich gescheitert. Er war der Einzige, der den Schlüssel besaß, und er war der Einzige, der ihn am Ende gebrauchte.

Karmann spürte, dass ihn sein Vater von nun an begleiten würde. Es würde ein weiteres Leben brauchen, um das neue Bild zu akzeptieren, zu verstehen, auszumalen. Vielleicht würde es noch mehr auslösen. Etwas Unbekanntes, Überraschendes.

Leitmeier überraschte ihn zum Abschied. Er bot ihm alle seine Hilfe an. Er versprach, sich sämtlicher rechtlicher Hürden anzunehmen. Vor allem aber vermittelte er Karmann ein Bestattungsunternehmen, das versprach, sich um alles zu kümmern. Besonders die Überführung nach Hannover, die Karmann unbedingt geregelt haben wollte. Margarethe gehörte dorthin. Dorthin, wo sie ihr Leben gelebt hatte. Dorthin, wo sie in ihrem Sohn fortlebte.

Karmann entschied sich, den Jaguar auf dem Parkplatz hinter der Kanzlei stehen zu lassen und zu Fuß nach Hause zu gehen.

Die Luft war frisch. Der nahe Herbst begann, seine Reifearomen auszustreuen. An den riesigen Platanen und Ahornbäumen verloren die Blätter ihr Grün und ihren Halt. Die Lebenskraft, die sie einen Sommer lang aus der Sonne gesaugt hatten, strömte aus der Tiefe, die gewaltigen Wurzelstöcke bereiteten sich auf die lange, dunkle Zeit vor.

Im Grau des Tages baute sich neben Karmann die Mauer des Alten Friedhofs auf. Er war früher oft hier gewesen, der morbide Glanz des Todes über viele Generationen hindurch faszinierte ihn. Der Friedhof war seit vielen Jahren aufgegeben worden, dennoch schien ihm die Anwesenheit des Vergangenen lebendiger als auf dem riesigen Gelände, wo sein Vater begraben lag.

Margarethe. Noch vor ein paar Stunden hatte er sie gesehen, mit ihr gesprochen, mit ihr gelacht. Der Gedanke, dass all dies von nun an unwiderbringlich in der Erde versenkt sein sollte, war nur schwer auszuhalten. Warmes, pulsierendes Leben würde sich in Erinnerungsschatten auflösen, ihre Worte würden im Geäst der Tage hängen und wie Laubblätter zu Boden sinken, sich auflösen, zu Staub zerfallen.

Das Grab der unbekannten Schönen. Eine Steinskulptur liegt auf dem Sockel, den Kopf zur Seite geneigt, sie schläft. Das Gesicht zu Wachs, zu Stein. Moos, Flechten, Efeu. In den Händen frische Blumen, jeden Tag neu, ein kleines Sträußchen, irgendwo gesammelt – wo blüht es jetzt noch rot und gelb und weiß?

Wer pflegt die Erinnerung?

Karmann spürte Erleichterung, als er am südlichen Ausgang den Friedhof verließ. Erinnerung war auch Vergessen. Ob er je vergessen konnte? Margarethe hatte eben erst begonnen, in ihm Wurzeln zu schlagen. *Als seist du mein eigenes Kind.* Die Worte seines Vaters dröhnten in seinen Ohren. Margarethe war das Kind eines anderen. Margarethe war nicht Karmanns Schwester.

Er hätte sich in sie verlieben können. Nicht als Geschwister, so wie ein Bruder die Schwester liebt. Sie waren Mann und Frau. Sie hätten Mann und Frau werden können.

Karmann lief durch den Stadtpark, über den Karlssteg bis zum Münsterplatz. Groß, alt, ehrwürdig – der Glockenturm des Münsters baute sich vor ihm auf wie ein Mahnmal der Zeit. Karmann wagte es kaum, den Blick zu heben. Dort oben im Innern war die Treppe, eng, steil, steinern. Dort oben waren sie sich ganz nah gewesen, für einen ewigen Moment lang. Er hatte sie in den Armen gehalten, ihren Atem auf seinem Gesicht gespürt, ihre Berührung bis ins Herz.

Für einen ewigen Moment lang.

Der Uhrensalon. Freude, Begeisterung, Trost.

Wie im Nebel zogen sie an ihm vorbei – die astronomische Uhr aus Franken mit ihren beweglichen Planeten und Sternbildern, die Taschenuhr des italienischen Kardinals mit dem Deckel aus echtem Bergkristall und winzigen Rubinen als Stundenanzeiger, die polnische Präzisionspendeluhr mit einem Ziffernblatt, das den zwölf Aposteln nachempfunden war – jede einzelne Uhr hatte in Karmann die Freude wachgerufen, Teil des unerschöpflichen Räderwerks Existenz zu sein, sich zu bewegen, vorwärtszuschreiten, jeden Moment neu zu erleben.

Es war vorbei. Von jedem Zeiger, von jeder Ziffer, aus jedem Räderwerk grinste ihm Vergänglichkeit entgegen. Nichts blieb, nichts war von Dauer. Nichts wiederholte sich. Nichts war umkehrbar. Die Zeit war nicht aufzuhalten.

Die Kiste stand hinter der Tür, so wie er sie am Tag zuvor abgestellt hatte. Karmann nahm sie hoch und stellte sie auf den kleinen gläsernen Tisch, der meist dazu diente, einzelne Stücke seiner Sammlung in Ruhe aus der Nähe zu betrachten.

Der Behälter war kaum größer als ein Schuhkarton. Kar-

194

mann betrachtete ihn von allen Seiten. Das einfache Holz zeigte Spuren einer früheren Bemalung, das Meiste war jedoch abgeschabt oder verblichen. Lediglich in einer der Ecken gab es ein Ornament, das an eine stilisierte Blume erinnerte. Die einzige Öffnung gab es an der Oberkante einer der vier Seiten, ein Schlüsselloch.

Karmann versuchte, die Kiste zu öffnen. Der Spalt unter dem Deckel zog sich um die Kiste wie der Riss in einer Eisscholle. Gerade breit genug, um den Fingernagel hineinzustecken.

Nichts regte sich. Karmann musste annehmen, dass der Inhalt vom Alter her empfindlich und vor allem brüchig geworden war. Daher verbat er sich jegliches Schütteln. Stattdessen klopfte er mit dem Fingerknöchel vorsichtig jeden Zentimeter ab. Es klang dumpf, grau und alt. Karmann hätte nie gedacht, dass etwas grau und alt klingen könnte, doch was er hörte, rief seltsamerweise genau diese Assoziation in ihm hervor. Die Zeit hatte das Gefäß und seinen Inhalt zu einer Einheit verschmelzen lassen. Das eine war nicht mehr denkbar ohne das andere.

Karmann überfiel eine eigenartige Scheu, als er überlegte, den Kasten aufzubrechen. Es wäre eine Kleinigkeit, mit jedem Werkzeug – Meißel, Messer, Schraubenzieher – den Deckel anzuheben, eine Sache von Sekunden. Doch Eindringen hieß auch Zerstören. Eine Einheit auseinanderzureißen, die über Generationen zusammengewachsen war. Wollte er das?

Vorfreude, Fantasie, aber auch Gewissheit. Das Sternemenü war angerichtet, es stand vor ihm, er fühlte, wie die Düfte seine Sinne streichelten und umnebelten. Wie die

Augen hinter dem Schleier sich in süßer Verlockung für ihn öffneten. Er musste nur zugreifen.

Karmann beschloss, die Kiste fürs Erste unberührt zu lassen. Jedes Eingreifen bedeutete Zerstörung, unwiderruflich. Ein Wissenschaftler, der einen Leib aufschneidet, um zu sehen, was sich dahinter verbirgt.

Das prickelnde Gefühl, wenn der Jüngling vor der ersten Liebesnacht mit der Frau seiner Träume steht. Er hatte keine Eile. Im Gegenteil. Die Uhr gehörte ihm, ganz allein, er konnte darüber bestimmen, was geschehen würde.

Karmann ließ die Kiste auf dem Tisch stehen und ging zurück ins Wohnzimmer. In einem amerikanischen Film hätte er sich jetzt einen Doppelten eingegossen und wäre für den Rest des Abends gedankenschwer in den Polstern versunken. Doch ihm war nicht nach Alkohol. Er wollte sich nicht aus der Realität zurückziehen, sich betäuben und in die weinerliche Schwere abtauchen, die am Tag danach gnadenlos über ihn spotten würde.

Er wischte die Müdigkeit beiseite. Dann trat er entschlossen in den Flur, zog Schuhe, Mantel und Mütze an und ging hinaus in die kalte Nacht.

Die Luft trug noch immer den Geruch des vergangenen Tages in sich. Über die Stadt legte sich die Glocke des Vergessens. Das Vergangene saugte sich fest in den Dächern und Mauern, legte sich auf die Straßenlaternen und kroch über die Gehwege, ein dumpfes Beharren, ehe die Nacht hereinbrach. Die schreckliche.

Die trostreiche.

Karmann ging ein paar Schritte vor das Haus auf die Straße. Kein Mensch war zu sehen. Unschlüssig lief er einige Meter bis zur nächsten Häuserecke und hielt dort erneut an. Endlich wandte er sich nach rechts dem schmalen Uferweg zu, der an der Dreisam entlangführte.

Es klang dumpf, als er über den Steg stapfte, das Laub raschelte leise unter seinen Stiefeln. Träge floss das Wasser neben ihm, nur unterbrochen von einigen weiß schimmernden Kieseln.

Nach etwa 300 Metern überquerte er eine Straße und bog in den Park ein. Die Nacht war so hell, daß der Mann die Silhouetten der riesigen alten Bäume wie Scherenschnitte um sich herum aufragen sah. Ein leichtes Glitzern lag über den kahlen Zweigen, silberne Blätter. Als er nach oben blickte, sah er, wie der Wind den Himmel immer mehr freiblies. Der zunehmende Mond zwängte sich hinter gestaltlosen Wolken hervor.

Und die Sterne.

Karmann fuhr mit seinen lederbewehrten Handschuhen über die feuchte Parkbank und setzte sich vorsichtig. Sein Blick wurde unwiderstehlich nach oben gezogen.

Klar und eindringlich leuchteten die Sterne. Sie waren schön, kalt und einsam. Karmann wusste von Sternbildern, Planeten und Tierkreis, von den geheimnisvollen Mythologien der Völker. Er sah das leuchtende Funkeln aus der Ferne, unerreichbar für die Menschen, stille, ferne Beobachter seit allen Zeiten, und es würde immer so sein.

Karmann fragte sich, ob die Sterne voneinander wussten. Ob es stimmte, was man sagte, dass zwischen ihnen riesige Entfernungen lagen. Ob sie still standen oder sich bewegten, und wenn ja, wohin.

197

Die Einsamkeit der Sterne ist die Nacht der Menschen.

Karmann wandte den Kopf und blickte langsam über den inzwischen völlig aufgeklarten Himmel hinweg. Jetzt, da seine Augen sich an das Dunkel gewöhnt hatten, sah er Hunderte, Tausende winzige Lichtpünktchen über sich, schweigsam und wartend.

Karmanns Umarmung wurde so groß wie die Nacht, und sein Auge so tief wie die Zeit. Der Chor schwieg so durchdringend, dass die Erde bebte.

Das Gelächter der Unsterblichen. Ein letztes Echo.

Kapitel 18:
Das Ende aller Tage

Das Gelächter der Unsterblichen. Ein letztes Echo.

Die Wand stand vor ihm, solange er denken konnte. Sie war so hoch, so umfassend, so da, so bestimmend für sein ganzes Leben. Und weil sie immer da war, nahm er sie nicht mehr wahr. Sie war da, sie hätte genauso gut nicht da sein können.

Die Mauer des Schreckens. Er nannte sie so, weil sie in ihrer völligen Eigenschaftslosigkeit kaum auszuhalten war. Sie war einfach da. Eine Vision vor seinen Augen, eine Orientierung im Nichts.

Eines Tages wurde die Wand größer. Der obere Rand, zuvor bereits kaum mehr als eine Ahnung, verschwand nun völlig über ihm. Er brauchte mehr als eine Woche, bis er merkte, dass er der Wand näher kam. Er versuchte, Einzelheiten zu erkennen, doch es war schwierig. Die Wand bot dem Auge keine Möglichkeit, etwas Bekanntes mit ihr zu verbinden – keine Form, keine Farbe, keine Zeichen, kein Geräusch, keine Bewegung. Eine raue Wand, gleichförmig wie eine aufgestülpte Wüste. Eine Wand, die zu warten schien. Seit Millionen von Jahren. Seit gestern.

Mitten in der Bewegung stieß der Mann an.

Vor seinen Augen fiel von oben eine Strickleiter herab.

Er traute seinen vom Sand ausgetrockneten Augen nicht. Erschöpft ließ er sich auf die Knie fallen. Woher? Warum? Hatte man ihn bemerkt? Wer?

Zögernd streckte er die Hand aus und hielt sich an der untersten Sprosse fest. Die Leiter war real, sie war da, er konnte sie spüren, das harte Seil, die hölzernen Tritte, die groben Knoten. Jetzt erst überfiel ihn die volle Wucht der Anstrengung, die hinter ihm lag. Er wusste nicht, wie lange er zusammengekauert auf dem Boden lag, als er plötzlich die Töne hörte.

Er begann, langsam nach oben zu klettern, Sprosse um Sprosse. Rasch wurde ihm schwindlig von der neuerlichen Anstrengung. Es kostete ihn ein Übermaß an Kraft, sich Stück für Stück hochzuziehen. Seine Hände wurden schwächer, er konnte sich kaum festhalten. Längst war der Boden unter ihm verschwunden, er baumelte in milchigem Nichts, ohne zu sehen, woher er kam und wohin es ihn führen würde. Seine einzige Führung war der Ton, der allmählich kräftiger wurde. Der Ton wurde zu einem Intervall, zu einer einfachen Melodie.

Di da di damm, di da di damm.

Eine Melodie, die er kannte.

Di da di damm, di da di damm.

Eine Melodie, die Erinnerungen wach werden ließ. Eine Melodie, die Tränen in seine Augen steigen ließ.

Er hielt inne und warf den Kopf in den Nacken. Über ihm verdichtete sich der Nebel zu einer dunklen Wolke, zu einer Öffnung, zu einem Höhleneingang.

Mit einem Ruck zog er sich über die Kante des vorstehenden Simses. Seine Glieder versagten nun endgültig ihren Dienst. Ein wohltuender Schwindel erfasste ihn, und er sank zu Boden. Die Melodie versickerte.

Eine Hülle aus Schmerz. Es dauerte lange, ehe er Arme, Beine und Brust unterscheiden konnte, und ehe er zu akzeptieren vermochte, dass dies alles zu ihm gehörte. Sein Gesicht brannte wie Feuer. Mühsam brachte er die zusammengeklebten Augenlider auseinander. Es war dunkel um ihn. In ihm.

Wie lange er so gelegen hatte, wusste er nicht. Karmann richtete sich auf.

Es war also Wirklichkeit!

Es dauerte, ehe seine Augen und sein Verstand das akzeptierten, was vor ihm lag. Eine ungeheure Sphäre aus Licht und Glas breitete sich vor ihm aus und erfüllte in weitem Bogen den gesamten Horizont. Ein riesiges Stadion lag zu seinen Füßen, ein Stadion gefüllt mit Scheinwerfern und Menschen. Dicht gedrängt saßen Männer und Frauen jeden Alters in unzähligen Reihen, die sich ins Zentrum nach unten verloren. Der Innenraum des Stadions war klein, so schien es Karmann, fast wie bei einer Stierkampfarena, was den überwältigenden Eindruck der Zuschauer noch steigerte. In der Mitte stand ein kleines hölzernes Podest, darauf ein Tisch und ein Stuhl. Auf dem Stuhl saß jemand und schrieb.

Als Karmann noch mit seiner ungeheuren Verblüffung kämpfte, stand der Schreiber unten in der Arena auf und hob beide Hände. Das hunderttausendfache Gemurmel in dem riesigen Kessel verstummte schlagartig, und Karmann hörte eine Stimme, die aus dem Bauch der Sphäre zu kommen schien:

»Er ist da. Seht!«

Innerhalb weniger Sekunden waren alle Augen auf ihn gerichtet. Karmann wusste nicht, was er tun sollte, er fühlte sich wie gelähmt. Er hatte Durst, fühlte sich schmutzig und völlig verwirrt. Das war alles nicht wahr! Ein Albtraum. Wer erwartete ihn hier? Und wozu?

»Komm!«

Abermals hörte er die Stimme von tief unten, und es gab keinen Zweifel, dass er, Karmann, damit gemeint war. Er war zugrunde gegangen in der endlosen Wüste, dessen war er sich ganz sicher. Das Jenseits hatte er sich immer ganz anders vorgestellt, doch nun war es so, und jetzt konnte er ebenso gut hinuntergehen.

Karmann entdeckte vor sich eine schmale Treppe, die zwischen den Zuschauerrängen nach unten führte. Völlig benommen stieg er abwärts, Stufe um Stufe, vorsichtig, um nicht zu stolpern. Stumm begleiteten ihn die Blicke der Menschen. In ihren Augen las er Neugier, Verwunderung, Schrecken, Hochachtung und Furcht. Keiner sprach ein Wort.

Nach einer Zeit, die ihm wie eine Ewigkeit vorkam, betrat Karmann den Innenraum des Stadions. Ringsum war er nun von gleißendem Licht umgeben, ein riesiger Dom, der über ihm zusammenzuschlagen schien.

Der Mann hatte sich wieder an den Tisch gesetzt. Karmann sah, dass er schrieb. Vor ihm lagen zwei Stapel Papier, ein etwas größerer links, säuberlich geordnet und aufeinandergelegt, der kleinere rechts. Der Mann blickte kurz auf und winkte ihm näher zu kommen. Karmann ging die letzten Schritte zu dem kleinen Podest. Er war nun wieder ganz bei sich. Wenn dies das Jenseits ist, dann muss dies Gott sein, dachte er und wappnete sich. Er war gespannt, was nun käme.

»Wer bist du?«

»Ich schreibe.«

»Das sehe ich.« Karmann trat näher an den Tisch heran. Er sah, wie der Mann einige Zeilen schrieb.

»Was schreibst du?«

»Ich schreibe deine Geschichte.«

»Meine Geschichte? Aber woher – ich meine, du kennst mich doch gar nicht!«

Der Schreiber lächelte. »Das spielt keine Rolle. Wichtig ist, dass das geschieht, was ich schreibe.«

»Also hast du mich hierher gebracht? Das glaube ich nicht. Niemand kann das. Und selbst wenn – was hätte es für einen Sinn?«

Der Schreiber lächelte erneut. »Es war nötig. Und es war spannend.«

»Spannend?« Karmann dachte an Margarethe, an seinen Vater, an das Uhrenzimmer, an den Jaguar. An Margarethes Tod.

»Es musste so sein, das Publikum wollte Spannung, Leid, Hoffnung, Verzweiflung. Und Erlösung. Eine gute Geschichte eben.«

Ein Raunen und Murmeln ging durch die Zuschauer, die das Gespräch schweigend verfolgt hatten. Karmann trat nun ganz an den Tisch heran.

»Das ist nicht wahr!«, stieß er heftig atmend hervor. »Das darf nicht wahr sein.«

Der Schreiber blieb ruhig. »Ich habe dich zum Helden gemacht. Das ist nicht jedem vergönnt. Du solltest mir dankbar sein. Schau dich um!«

Er deutete auf die Menge, die nun sichtlich bewegter wurde. Einzelne Rufe wurden laut. Es wurde geklatscht und getrommelt. Von der gegenüberliegenden Tribüne ertönte ein rhythmisches »Karmann, Karmann«, das sich rasch fortpflanzte und in kurzer Zeit zu ohrenbetäubendem Lärmen und Jubeln anschwoll.

Karmann stand stumm. Dann deutete er auf das Papier. »Und jetzt?«

»Das ist das letzte Blatt«, sagte der Schreiber, während er einige Worte schrieb. »Deine Geschichte ist zu Ende.«

Ungläubig starrte Karmann den beschriebenen Papierstapel an, der vor ihm lag. Er griff hinein, blätterte, las und schüttelte erneut den Kopf.

»Du hast recht«, sagte er leise, »jetzt ist Schluss damit.« Mit einer raschen Bewegung nahm er das letzte Blatt, hob es in die Luft und zerriss es in kleine Fetzen. Um ihn herum stöhnten die Massen auf.

»Es ist Schluss!«, rief er, so laut er konnte, ehe er sich langsam umdrehte und mit seinen kräftigen Händen dem immer noch lächelnden Schreiber den Hals zudrückte.

»Schluss! Schluss! Schluss!«

Verzweifelt versuchte der Schreiber, die Finger von seinem Hals zu lösen, doch Karmann war gnadenlos in seiner Wut. Mit einem erstickten Röcheln sank der Mann zu Boden, der Kopf fiel ihm zur Seite.

Schon nach wenigen Sekunden waren sie über ihm. Von überallher rannten sie auf ihn zu. Das Letzte, was Karmann wahrnahm, ehe sie ihn in tausend Stücke zerrissen, war das leise, stetige Ticken einer großen Uhr.

Karmann hatte sich richtig erinnert. Obwohl er sich selten selbst um seinen Garten und dessen Pflege kümmerte, hatte er von Zeit zu Zeit die Arbeit seines Gärtners verfolgt. Ein guter Mann, der viele Jahre in einer Landschaftsgärtnerei als Gestalter gearbeitet hatte und nach einem Arbeitsunfall in einem Gartenmarkt Stauden und Ziersträucher verkaufte. Karmann hatte ihn auf Empfehlung Benediktas eingestellt und war sehr zufrieden. Ein Garten, in dem er sich wohlfühlen konnte und um den er sich nicht kümmern musste, eine Bequemlichkeit, die er sich gerne etwas kosten ließ.

Die Säcke, die er suchte, lagen sauber aufeinandergelegt im Regal des kleinen Gewächshauses, das Karmann im vergangenen Frühjahr spendiert hatte. Es waren vier graue Jutesäcke, so wie sie in früheren Zeiten benutzt wurden, um Kohlen, Äpfel oder Kartoffeln zu transportieren. Karmann suchte den kräftigsten aus, die anderen legte er zurück. Von einer Klemmwand nahm er eine handliche Gartenschere und zur Sicherheit einen Draht, das er beides in den Sack steckte.

Der Kasten mit der Uhr stand auf dem Glastisch, wie er sie zurückgelassen hatte. Irgendwie hatte Karmann sich vorgestellt, dass etwas geschehen würde – ein plötzlicher Glockenschlag aus dem Inneren, ein Ticken. Dass sich der Spalt von alleine geöffnet hätte. Natürlich war nichts dergleichen geschehen. Die Uhr stand da in stoischer Gelassenheit.

Karmann hob den Kasten vorsichtig an. Auch wenn er sich zu dem nun folgenden endgültigen Schritt entschlossen hatte, ging er äußerst sorgsam mit dem Holzbehälter um. Er berührte das alte Holz mit einer Mischung aus Ehrfurcht und Scheu. Der längst Vergessene, der einst diese Uhr gefertigt hatte, war es wert, noch ein Mal mit Respekt bedacht zu werden.

Als Karmann den Sack über dem Kasten zuband, kam ihm der Inhalt klein und unwesentlich vor. Er hob ihn auf seine Arme und trug ihn langsam vor das Haus, wo sein Wagen stand. Auf dem Beifahrersitz lag eine weitere Decke, die Karmann zum Einwickeln nutzte. Am Ende zog er den Sicherheitsgurt darüber. Zum Abschluss ging er in das Uhrenzimmer, rückte den Glastisch an seinen angestammten Platz und warf einen letzten Blick auf seine Schätze. »Euer Herz geht auf die Reise«, murmelte er. Dann ließ er das Rollo herunter und knipste das Licht aus.

Karmann wollte ganz sichergehen. Der Schluchsee kam nicht infrage. Karmann erinnerte sich an die eindrucksvollen Bilder von vor über zehn Jahren, als aus technischen Gründen das Wasser durch die Staumauer fast völlig abgelassen worden war. Karmann war gleich zweimal dort gewesen, um sich das Schauspiel anzusehen. Eine Mondlandschaft. Grand Canyon. Das waren die Bilder, die ihm in den Kopf gekommen waren. Damals war vieles wieder aufgetaucht, was man für alle Zeiten im Wasser versenkt geglaubt hatte.

Die kleinen Seen im Südschwarzwald waren aus demselben Grund nicht geeignet. Natürlich wären der Wind-

206

gfällweiher und besonders der Nonnenmattweiher als letzte Ruhestätte ungleich romantischer gewesen. Doch obwohl viele das nicht wussten, waren auch sie Stauseen, menschengemacht, ihnen konnte jederzeit dasselbe widerfahren wie dem Schluchsee.

»Willst du mich messen, so will ich dich fressen.« Am Ende hatte er den geheimnisvollen Titisee gewählt, von dem man nicht einmal wusste, woher der seltsame Name stammt.

Kurz vor dem gleichnamigen Ort bog Karmann von der Bundesstraße nach rechts ab. Im Schritttempo steuerte er den Jaguar durch die heute fast menschenleere Einkaufsstraße. In der Saison war es anders. Völlig überlaufen. Seit einigen Jahren schien sich die Attraktivität des Schwarzwälder Ausflugszieles bis nach Osaka, Kentucky und Shanghai herumgesprochen zu haben. Regelmäßig spuckten die großen Reisebusse ihre Ladungen am Seeufer aus. Ein, zwei Fotos vor dem Wasserpanorama mit dem Feldberg im Hintergrund, ein paar Schritte am Ufer entlang, danach der Besuch eines original typischen deutschen Ladens, in dem alles angeboten wurde, von dem der durchschnittliche Amerikaner, Japaner oder Chinese glaubte, dass es typisch für den Schwarzwald war: Markenparfüms, Armbanduhren aus der Schweiz, Goldschmuck, überteuerte bayerische Bierhumpen. Wenn dann noch Zeit blieb, würde man selbstverständlich ein Stück Kirschtorte genießen.

Heute war es anders. Die Saison neigte sich deutlich dem Ende zu. Es gab jede Menge freie Parkplätze. Karmann traf lediglich auf eine chinesische Reisegruppe, deren Leiter sie zielgerichtet zu einem Juweliergeschäft lotste. Doch für ihn war anderes wichtiger. Er würde ein Boot brauchen.

Zu seiner großen Erleichterung sah er, dass der Mietbootverleih noch nicht eingestellt war. Der Angestellte, stilvoll mit Nordsee-Kapitänsmütze und Uniformjacke ausgerüstet, schüttelte etwas ungläubig den Kopf, als er Karmann mit dem Sack in eines der Boote einsteigen ließ. »Aber nix ins Wasser schmeißen!«

»Mein Vesper!«, gab Karmann lächelnd zurück. »Ich hoffe, es regnet nicht.«

Der Seebär erklärte mit zwei Sätzen die Bedienung. Dann gab er dem Boot einen kräftigen Stoß, der es ein paar Meter vom Steg wegbeförderte. »Und ned aussteigen!«

Schon nach wenigen Minuten spürte Karmann, wie ihn die Ruhe und Kraft des Sees umhüllte. Sein Boot war das Einzige, das unterwegs war, andere Wasserfahrzeuge oder gar Schwimmer gab es keine. Lediglich eine Möwe begleitete ihn ein Stück weit auf den See hinaus.

Wenn er gewusst hätte, wo der See am tiefsten war, wäre die Stelle sein Ziel gewesen. Doch darauf kam es letztlich nicht an. Wichtig war, den Sack so zu beschweren, dass er mit Sicherheit verschwinden würde.

Karmann lenkte das Boot das linke Seeufer entlang. Das letzte Haus des Ortes lag bereits ein gutes Stück hinter ihm. Das Ufer war dicht bewachsen, ein Wanderweg begleitete ihn.

»Willst du mich messen, so will ich dich fressen.« Der Sage nach hatten es die Menschen immer wieder versucht, den See in seiner Tiefe zu vermessen. In früheren Zeiten hatten Sprüche wie dieser die archaische Scheu vor dem Dunklen, Unbekannten ins Übermächtige gesteigert.

Karmann betrachtete den Sack, der vor ihm auf dem Boden des Boots lag. Die Zeit. Woher kam der Drang, die Zeit messen zu wollen, ja zu müssen? Und tat sich nicht auch hier irgendwie die Scheu vor dem Tiefen, Dunklen, Unbekannten auf für jeden, der es versuchte? An das Messen hatten sich die Menschen gewöhnt. Ungeheure Räume wurden durchschritten, ja sogar das Alter des Weltalls festgehalten. Doch niemand konnte auch nur ahnen, was das bedeutete. Schon ein Zeitraum von mehr als 100 Jahren war außerhalb jeglicher Vorstellungskraft.

Das Boot trieb langsam unter den breit ausladenden Pappeln und Erlen am Ufer entlang. Die Anlegestelle war weit zurück. Es war gar nicht einfach, eine geeignete Stelle zu finden. Meist war der Uferhang zu steil, dann wieder versperrten umgestürzte Baumstämme und riesige Äste den Zugang zum Land. Oder es gab keine Steine, wie er sie brauchte.

Es wurde kühl über dem Wasser. Karmann war wieder einmal unzureichend angezogen, er begann zu frieren. Er war bereits auf der Höhe des Campingplatzes angelangt, als er endlich die geeignete Stelle fand. Das Ufer lief in einem Grasstreifen flach zum Wasser hin aus, sodass er das Boot ohne Mühe an Land ziehen konnte. Ein verwittertes Schild kennzeichnete die Stelle als »Badestelle. Zutritt nur für angemeldete Campingplatzgäste«. Direkt dahinter gab es ein kleines Restaurant, das geschlossen war. Niemand war zu sehen.

Karmann füllte den Sack mit Steinen. Es würde nicht

viele brauchen, das Gewicht des alten Holzkastens zu übertreffen. Als er den Sack etwa zu einem Drittel gefüllt hatte, ließ er ihn zur Probe in den See gleiten. Sofort saugte sich die Jute voll, sodass er ihn kaum wieder herausbrachte. Er bugsierte ihn in das Boot, dann drapierte er die Uhrenkiste obenauf und band den Sack mit einem Strick fest zu.

Die Steine hatten das Boot deutlich beschwert, sodass Karmann sich mühen musste, zurück auf den See zu gelangen. Sobald es schwamm, wurde es einfacher. Er startete erneut den Motor und ließ das Gefährt in Richtung Seemitte gleiten.

»Willst du mich messen, so will ich dich fressen.«

Die tiefste Stelle konnte überall sein. Doch letztlich war nur wichtig, so weit vom Ufer entfernt zu sein, dass Wind und Wellen die Uhr nicht auftauchen und in Richtung Ufer treiben ließen, bevor sich alles aufgelöst hatte.

Langsam zogen sich die Ufer um Karmann herum zu einer riesigen Arena zusammen, gesäumt von Berghängen und Wäldern. Es erinnerte Karmann an einen Traum, den er hatte und der nicht gut gewesen war. Oder doch. Jemand hatte sein Leben begleitet und aufgezeichnet. Er wusste es nicht mehr. Die Illusion der Freiheit.

Das Boot lief aus. Es war so weit.

Karmann ließ ein weiteres Mal den Blick über den Horizont wandern. Jetzt war er der Chronist, der Aufschreiber. Der, welcher dem Schicksal die entscheidende Wendung gab. Er zog die Gartenschere hervor, betrachtete prüfend den Sack und schnitt dann langsam und sorgfältig ein handtellergroßes Loch hinein, dann noch eines und noch eines. Der Sack wurde zu einem groben Netz, das nur noch so viel Kraft hatte, die Steine zusammenzuhalten. Und den Kasten.

Als er ihn über den Bootsrand hievte und ins Wasser gleiten ließ, kam es ihm einfacher vor, als er befürchtet hatte. Der Sack drehte sich ein halbes Mal um sich selbst und verschwand dann mit einem leisen Gluckern in der Tiefe. Ein paar wenige zarte Wellen kräuselten die Oberfläche, dann war nichts mehr zu sehen. Karmann nahm die herausgeschnittenen Stücke und warf sie in einem Schwung hinterher. Sie trieben eine Weile und glänzten, ehe auch sie eins um das andere im Wasser verschwanden.

20 Minuten später steuerte Karmann das Boot zurück an den Anleger. Der Seebär erwartete ihn bereits. »Hat's geschmeckt?«

»Was meinen Sie?«

»Das Vesper?«

Karmann lächelte. »Ja, prima.«

»Bis zum nächsten Mal.«

»Bis zum nächsten Mal.«

Am Parkplatz ließ sich Karmann in die Polster des Jaguar sinken. Er fühlte sich erschöpft wie nach einer großen Anstrengung. Eine große Leere stieg in ihm auf. Es begann wieder zu regnen. Vor dem Wagen verliefen sich einige Besucher.

Alleine ist nicht einsam. Sie war bei ihm und lächelte.

Nach einer Weile klappte Karmann das Handschuhfach auf und holte das Bild hervor, das ihm Christina mitgegeben hatte. Der blonde Junge hatte seinen Blick nicht verändert. Aber Karmann hatte jetzt das Gefühl, dass er ihn verstehen würde.

»Hannover.« Karmann tippte die Adresse in sein Navigationssystem. Die blaue Linie erschien in Sekundenschnelle. Gute 500 Kilometer, bis heute Abend würde er dort sein, wenn er wollte.

Zurück auf der Bundesstraße umhüllte ihn das vertraute Schnurren des Jaguar. Die verlorene Zeit. Mit jedem Kilometer würde er sie zurückgewinnen.

ENDE

Sprach der König: »Wie viel Sekunden hat die Ewigkeit?«
Da sagte das Hirtenbüblein: »In Hinterpommern liegt der
Demantberg, der hat eine Stunde in die Höhe, eine Stunde
in die Breite und eine Stunde in die Tiefe; dahin kommt
alle hundert Jahr ein Vöglein und wetzt sein Schnäbelein
daran, und wenn der ganze Berg abgewetzt ist, dann ist
die erste Sekunde von der Ewigkeit vorbei.«

Brüder Grimm, Kinder- und Hausmärchen, 1819

*Weitere Titel finden Sie auf den
folgenden Seiten und im Internet:*

WWW.GMEINER-VERLAG.DE

Alle Bücher von Thomas Erle:

**Weinhändler Lothar
Kaltenbach ermittelt:
1. Fall: Teufelskanzel**
ISBN 978-3-8392-1394-0

2. Fall: Blutkapelle
ISBN 978-3-8392-1592-0

3. Fall: Höllsteig
ISBN 978-3-8392-1748-1

4. Fall: Hochburg
ISBN 978-3-8392-2110-5

**Weitere:
Freiburg und die Regio
für Kenner**
ISBN 978-3-8392-1704-7

Mörderisches Freiburg
ISBN 978-3-8392-2357-4

Die Kapelle
ISBN 978-3-8392-0580-8

Der geheime Wert der Zeit
ISBN 978-3-8392-0690-4

**Das Lied der Wächter:
Das Erwachen**
ISBN 978-3-8392-2337-6

Der Gesang
ISBN 978-3-8392-2354-3

Das Gesetz
ISBN 978-3-8392-2360-4

Sibylle Baillon
Wie Spuren am See – Das Juwel
Roman
352 Seiten, 12,5 x 20,5 cm,
Broschur
ISBN 978-3-8392-0526-6

Kurz nachdem eine unerwartete Ankündigung Isabellas
und Chris' Leben erneut auf den Kopf gestellt hat,
taucht plötzlich Bellas beste Freundin Rita mit einem
überraschenden Begleiter bei ihnen auf. Dieser zeigt
reges Interesse an einem mysteriösen Juwel, das laut
einer Legende vor 200 Jahren am Hexenstein verloren
gegangen sein soll. Auf der Suche nach der Wahrheit
kommen die vier nicht nur hinter das Geheimnis des
mysteriösen Edelsteins …

GMEINER SPANNUNG

WWW.GMEINER-VERLAG.DE
Wir machen's spannend

SARAH TISCHER
Letzte Nacht in Baden-Baden
KRIMINALROMAN

Sarah Tischer
Letzte Nacht in Baden-Baden
Kriminalroman
272 Seiten, 12,5 x 20,5 cm,
Broschur
ISBN 978-3-8392-0710-9

Das Badhotel in Baden-Baden soll für immer schließen. Rezeptionistin Maxi Morel macht bei ihrem letzten Rundgang eine grausame Entdeckung: Im Hotelflur liegen zwei blutige Leichen. Doch am nächsten Morgen sind sie verschwunden. War alles Einbildung? Was weiß Hoteldirektor Helmut Lochner? Wo sind die spontanen Gäste, die am Vorabend eincheckten? Und welche Rolle spielen die Kollegen? Maxi, Halbfranzösin mit einer Schwäche für Pralinen, beginnt zu ermitteln. Als sie dabei mehr über ihre eigene Familie herausfindet, gerät ihre Welt aus den Fugen.

GMEINER SPANNUNG

WWW.GMEINER-VERLAG.DE
Wir machen's spannend

Jeremias Heppeler
Dunkles Donautal
Kriminalroman
416 Seiten, 12,5 x 20,5 cm,
Broschur
ISBN 978-3-8392-0693-5

Ein brutaler Mord führt die junge Kommissarin Tilda
Marder zurück in ihr Heimatdorf im Donautal. Die
Leiche des 16-jährigen Peter wird an einem Aussichts-
spunkt gefunden, aus seinem Hals ragt ein schwarzes
Kreuz. Schnell fällt der Verdacht auf Freunde des
Opfers, drei Brüder, die Außenseiter im Dorf sind.
Während ihrer Ermittlungen wird Tilda mit ihrer
eigenen Vergangenheit konfrontiert. Ein Gefühlswirr-
warr zwischen Weggehen und Ankommen, zwischen
Dazugehören und sich fremd fühlen. Eine erste Spur
führt Tilda zu einer heruntergekommenen Waldhütte –
und einem weiteren Grab zwischen den Bäumen.

GMEINER SPANNUNG

WWW.GMEINER-VERLAG.DE
Wir machen's spannend

Lili Lemberg
Haja oder Hanoi?
Wehrles Detektivmobil
Kriminalroman
288 Seiten, 12,5 x 20,5 cm,
Broschur
ISBN 978-3-8392-0698-0

Tante Ilse ist tot. Während der Trauerfeier erfährt
Nichte Nik von ihrem Erbe: Ilses alter Bulli gehört
nun ihr. Plus eine kleine Geldsumme! Endlich kann
sie sich ihren Lebenstraum erfüllen: eine mobile
Detektei. Sie plant, die schönsten Orte im Ländle
zu besuchen und dabei ihre Dienste anzubieten.
Der erste Auftrag ist inklusive, denn schnell wird
klar: Der Sturz von Ilse Behringer war kein Unfall.
Nik sucht Antworten auf die Frage nach dem Täter
im Tagebuch ihrer Tante. Dann verschwindet Ilses
Mitbewohner Herbert. Während die Fahndung läuft,
stößt Nik auf weitere Verdächtige …

GMEINER SPANNUNG

WWW.GMEINER-VERLAG.DE
Wir machen's spannend

Andreas Krohberger
Alte Reben wurzeln tief
Kriminalroman
352 Seiten, 12,5 x 20,5 cm,
Broschur
ISBN 978-3-8392-0671-3

Nicht genug damit, dass ein mit Methanol vergifteter
Toter im Weinberg des Schorndorfer Winzers Conny
Konrad liegt – unter einem aufgelösten Grab auf dem
Friedhof der schwäbischen Kleinstadt tauchen auch
noch Gebeine auf, die genetisch mit Conny verwandt
sind. Als seine Frau und das gemeinsame Kind verschwinden, ahnt Conny, dass die Vorkommnisse
zusammenhängen müssen. Mit dem Lokalredakteur
und Freund Berner sucht er nach den Hintergründen.
Die Spuren führen in den Hochschwarzwald und
weit zurück in eine blutige Vergangenheit.

GMEINER SPANNUNG

WWW.GMEINER-VERLAG.DE
Wir machen's spannend